Narratori Feltrinelli

Erri De Luca
Alessandro Mendini
Diavoli custodi

Prima edizione in "Narratori" settembre 2017

Published by arrangement with Susanna Zevi Agenzia Letteraria, Milan

Stampa Grafica Veneta S.p.A. di Trebaseleghe - PD

ISBN 978-88-07-03255-4

Grazie a Silvia Giuli e Paola Porrini Bisson
che hanno immaginato e voluto questo incontro,
accompagnandolo fino all'ultima tavola
di Alessandro Mendini e fino all'ultima riga mia.

LA POESIA È LA SALVEZZA DEL MONDO
POETICHE
POETICHE
POETICHE
POETICA È LA PERSONA CHE LA PRATICA
POETICA È LA ARCHITETTURA CHE LA ESPRIME
POETICA È LA SOCIETÀ CHE LA VIVE

Premessa

L'immagine e la scrittura quando vanno insieme si affrontano. L'immagine, che ha più vasta platea, dispone la scrittura a sua didascalia. La scrittura invece vuole che l'immagine sia a sua illustrazione.

In questa occasione sono sospese le ostilità. Qui l'immagine ha la precedenza e da lei ha origine la pagina di destra, che è seguente.

Introduzione ai mostri

Un bambino dislessico disegna minuziosamente pagine di mostri. Metterli in una forma li riduce d'immensità, d'intensità e di angoscia. Il foglio coi suoi bordi li imprigiona. Più nitidi sono, più stanno domati. Il bambino dislessico è un domatore, scende in ogni ora dentro la gabbia delle belve. Fuori dall'arena e dalle alte inferriate stanno al sicuro i suoi coetanei, che a scuola vanno per gioco diligente, senza rischio di vita.

Alessandro Mendini si coinvolge negli incubi accurati del bambino, li compara ai suoi e rivolge a se stesso la punta di matita con la quale ha ridisegnato gli oggetti del mondo. Alla maniera del primo uomo che metteva i nomi agli animali creati in precedenza, lui col suo disegno rinomina gli oggetti e li trasfigura. Come Adám, ribrevetta il mondo e le sue cose.

Le sue opere stanno dentro i musei e nelle vetrine. Qui, senza vetro divisorio, ci sono i suoi mostri.

Non disegnavo, non ho disegnato. I miei mostri sbrigliati dentro i sonni m'inseguivano, ma non mi voltavo. Assalivano alle spalle, non li ho visti in faccia. Ne sapevo il fiato, l'afferrata, non la forma. Poi li ho riconosciuti nelle storie ascoltate.

Qui c'è un loro serraglio, a forma di pozzo e di relitto, di cunicolo e di precipizio. I mostri sono i diavoli custodi dell'infanzia, nessun angelo può tenerli a bada.

I disegni di Pietro

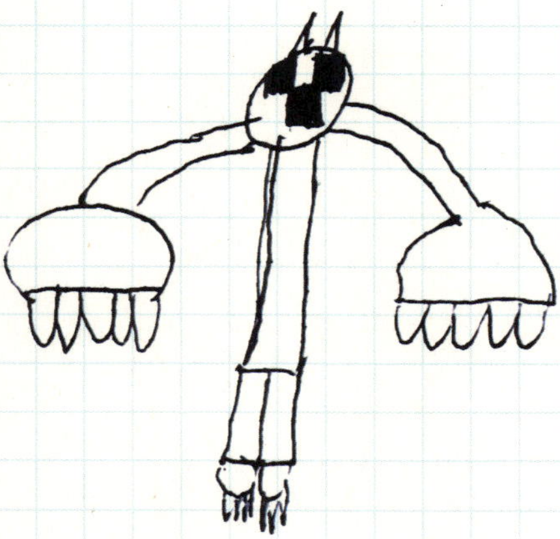

Diavoli custodi

Nerone imperatore è ricordato per l'incendio doloso, più che per la persecuzione anticristiana, in comune con altri suoi colleghi. Cercavano di debellare il monoteismo, la divinità ebraica venuta dal mare come un'epidemia. La sua forza, sconosciuta prima, stava nell'adattarsi a ogni governo, prosperava sotto tirannie e democrazie. La sua premessa era l'indifferenza: non faceva distinzioni tra benestanti e miseri, donne e uomini, bambini e anziani, sapienti e analfabeti, cittadini e forestieri. Non proclamava la pericolosa uguaglianza, ma la parità di accesso alla divinità. Era l'insuperabile vantaggio su tutti gli altri culti. Produceva lo zelo del martirio, sconosciuto al politeismo.

Nerone coltivò pretese letterarie, amò il teatro e il suo palcoscenico almeno quanto il trono. Recitò spesso a Napoli. Svetonio, storico dell'impero, informa che lì debuttò con una sua ode e che durante l'esibizione la terra fu agitata da un terremoto. Nerone lo considerò un applauso all'arte sua e costrinse il pubblico a restare al suo posto. Resta un esempio di assoluto sangue freddo, senza paragone con chi abbia mai calcato scene.

Lasciò scritto un verso che gli ha resistito: "Sub terris tonuisse putes", sotto le terre credesti che stesse tuonando. È la condensata espressione acustica di un terremoto. La rottura di equilibrio tra piattaforme sotterranee produce un ringhio minerale, uno scroscio di tuoni. Sotto terra è tempesta, il suolo è navicella sulle onde, si aprono voragini, le montagne scrollano valanghe. Le stanze diventano celle di un alveare preso a zampate da un orso, al posto del miele, le vite.

Restano sulle città, sui borghi le crepe che corrono sulla faccia di un vaso. Scende la neve del seguente inverno a ricoprire le stanze abbandonate e gli orologi fermi.

Le parole, una volta scritte, hanno una vita propria, indipendente. I libri hanno una loro biografia, diversa da chi li ha scritti.

Il poeta in yiddish Itzhak Katzenelson compose i suoi versi nel campo di concentramento di Vittel, località risaputa per le sue acque, in Francia. Rinchiuso lì, veniva da una fuga precaria. Con suo figlio era potuto uscire dal ghetto di Varsavia, prima della sua cancellazione dalla faccia della terra. Come salvacondotto un passaporto dell'Honduras non fu sufficiente. In Francia fu arrestato e internato a Vittel. Scrisse il suo: *Canto del popolo Ebreo messo a morte*. Infilò le pagine in bottiglie di vetro sigillate, le seppellì sotto una quercia del campo di prigionia. Finì in tempo di scrivere. Fu caricato su un treno che lo riportava in Polonia. Fu ucciso con suo figlio il giorno stesso dell'arrivo nel recinto di Birkenau/Brzezinka.

Dopo la guerra furono recuperate le bottiglie. I suoi versi sono diventati il vertice poetico della più vasta distruzione sistematica di vite umane. Li ho tradotti, ho potuto pubblicarli.

Da questo e da altri casi ho imparato che le parole scritte si mettono in un viaggio lontano e indipendente dall'autore.

So delle mie che sono state portate in una barca a vela sull'oceano, in cima a un monastero, da un missionario in Guatemala, da un alpinista al Polo Sud e a un campo base in Himalaya. Sono state bruciate in un incendio, messe da un prigioniero davanti ai suoi occhi per togliersi di torno muri e sbarre. Hanno accompagnato nozze e funerali ai quali non ho partecipato. La loro carta ha assorbito vino, lacrime, caffè. Hanno inaugurato il bacio numero uno di una coppia e sono state accompagnate da una musica. Alcune hanno ispirato l'arte cinematografica. Altre sono state incriminate e insieme siamo entrati nell'aula di un tribunale. Perciò sono state lette in pubblico da molte voci a loro difesa.

Magnifica la vita indipendente delle parole scritte, quando il loro soffio porta sollievo su una scottatura.

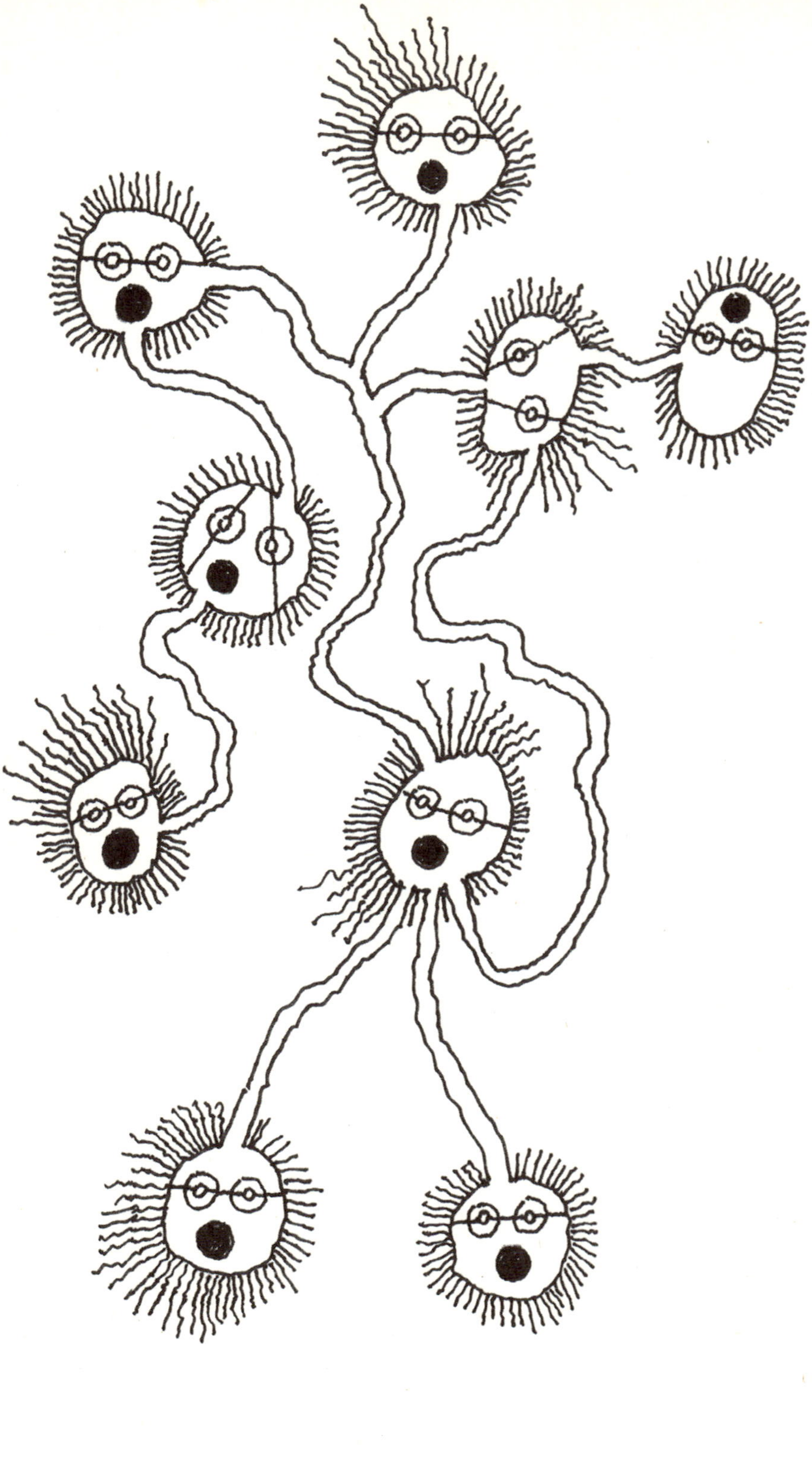

Il giorno è violento di calore e luce. Mi trovo su un bordo, dalla valle di sotto sale una corrente d'aria che mi asciuga i pori. Paola mi ha portato a vedere la cicatrice più lunga del continente America. La faglia di Sant'Andrea l'incide per più di mille chilometri. Lei abita vicino.

Mi guida nel deserto di Joshua Tree, Albero di Giosuè. Lo chiamarono così i Mormoni che lo traversarono cercando l'oceano Pacifico.

Sul palmo secco del suolo, l'albero dal nome botanico di Yucca Brevifolia sembrò loro Giosuè che solleva braccia al cielo.

Da lettore di quelle pagine ricordo che non erano di Giosuè le braccia sollevate. Erano di Mosè che da un'altura seguiva la battaglia d'Israele contro gli Amaleciti nel deserto. Era la loro prima guerra. Giosuè era il comandante, Mosè con le sue braccia sollevate sostenne il peso dello scontro fino alla vittoria.

Sul bordo di un'altura nel deserto di Joshua Tree tengo a bada le mie braccia per non rifare il gesto. Sarebbe parodia. Rimango imbambolato, assorto. Cosa intendo di questo paesaggio? Lo aggiungo a uno mio d'infanzia, dirimpettaio del Vesuvio, uno dei monumenti del terrore. Da quelle rampe, come dal punto in cui mi trovo, quando succederà non si potrà fuggire.

Il Vesuvio è la camera di scoppio di un sole accecato sottoterra. Il foro di uscita del cratere è tondo com'è rotonda una pupilla. In piedi e con la faccia a valle si mescolano i paesaggi della mia geografia.

Paola mi sta chiamando. Sento il mio nome dentro un labirinto, non so dove voltarmi. È la voce di mia madre che mi chiede di tuffarmi in mare mentre mi scervello su parole crociate sotto il sole. È di una ragazza in una strada di benzina in fiamme e gas di lacrimogeni. È di una donna che mi buttò in mare da una barca per insegnarmi a galleggiare. E io che già sapevo, restai sott'acqua per ricambiare il briciolo di terrore.

Paola chiama il mio nome e io rimango dove sono per sentirlo, perché mi sembra che durerà finché mi chiama, l'esistenza. Poi smette.

È già stato così quando si fermò il cuore per infarto. Una voce smise di chiamarmi, io di sentirla.

Prima impressione a fianco del disegno: l'ingresso dentro un incubo, una miniera, un sottosuolo. La mia città di origine è doppia, gremita sopra e deserta al di sotto, percorsa da immense gallerie scavate già dall'epoca dei suoi fondatori. Si scende nelle spire di un intestino vuoto.

Venezia è piantata sull'acqua, Napoli è campata sull'aria e tra due fuochi, il Vesuvio a oriente, costipato di fiamme e i Campi Flegrei a occidente, che sfiatano i gas sulfurei delle ultime effusioni. Il sottovuoto della città ammortizza i terremoti, come un cuscinetto. Chi la discende entra nel più antico dei ricoveri, un grembo di caverne. La città le ha abbandonate per la superficie, ma il doppiofondo resta nel sistema nervoso cittadino.

Seconda impressione: da una cima raggiunta, il primo passo in giù. Nella salita il corpo si è allungato agli appigli, si è disteso a raggiungere i centimetri lontani. Arrivato dove non c'è più niente, dove la terra fissa il suo confine, inverto la direzione e scendo.

Non è arrivo la cima, è il capolinea del viaggio di ritorno da una sfiorata altezza. Il primo passo di rientro è a testa bassa. Va scrutato e soppesato ogni appoggio dei piedi. In discesa si guarda il vuoto in faccia. Il primo passo contiene la malinconia di non poter restare e il sollievo di avere esaudito la spinta.

Vista da una cima, la terra è un labirinto. Salire è stato togliersi da lì per imboccare una via di uscita. Qui c'è il primo passo di rientro, il corpo inverte i muscoli, cambia postura, invece di allungarsi si comprime accompagnando il peso in giù.

Nego a me stesso il sentimento della nostalgia. Non ho desiderio di tornare in nessuna stazione precedente e su nessuna cima.

Il primo passo di discesa è strappo, forte come quello di due che si lasciano al binario. Il primo metro del treno che li stacca, fa il rumore di una camicia lacerata. Le mille miglia successive squarciano di meno.

Ognuno scende da un abbraccio, da un'età, da un viaggio. Ecco qui il primo passo, a testa bassa, per non inciampare.

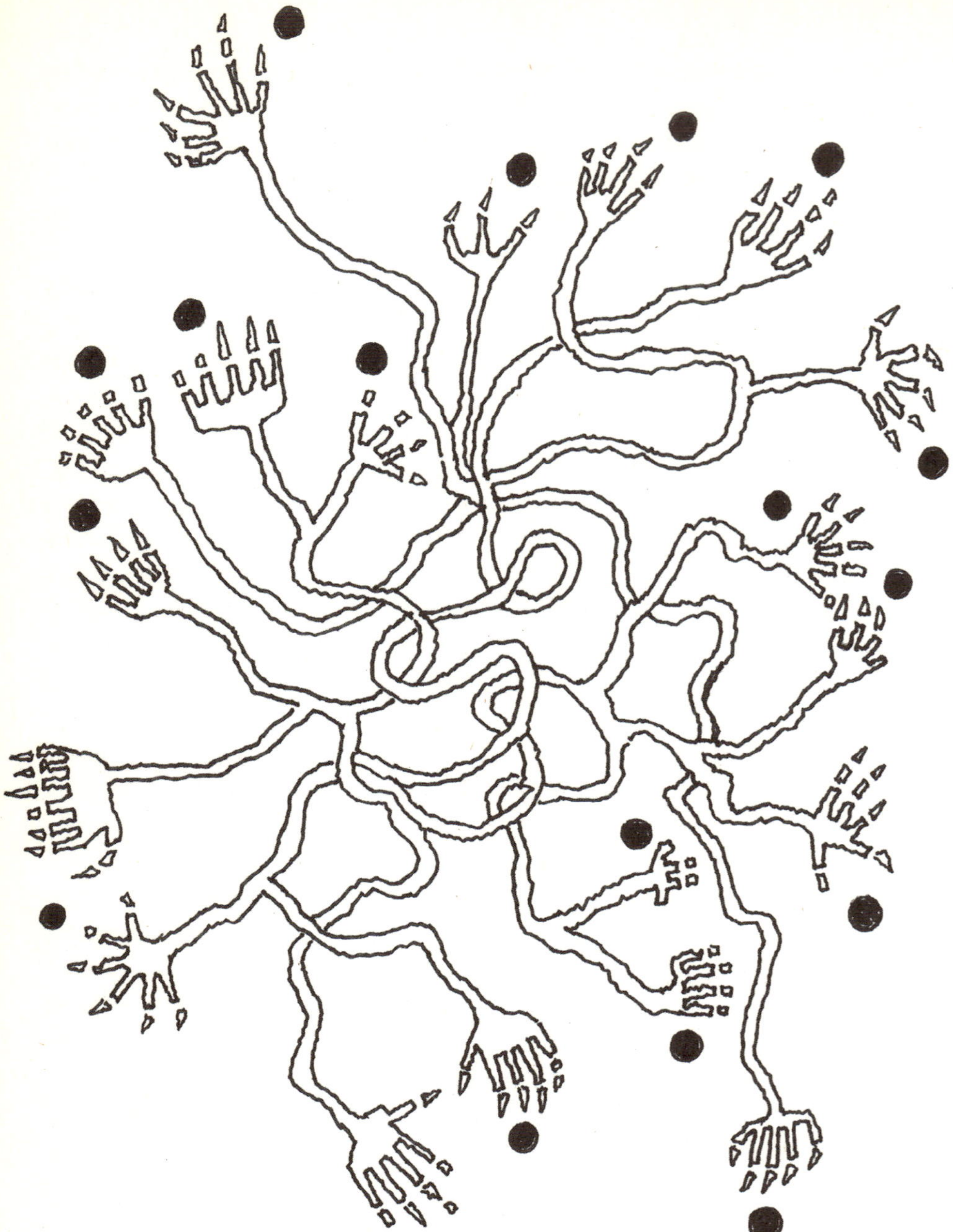

Una sessantina di anni fa Albert Camus pubblicava *La Chute*, la caduta. Un uomo di buon successo mondano perde smalto e fiducia in se stesso dopo una risata udita nei paraggi. Non è rivolta a lui, è una risata altrui, però riverbera, si amplifica, ritorna. Inizia per lui una caduta che ha per contraccolpo un ribaltamento di esistenza, passando dal panico a una conversione.

Ripenso a quella di San Paolo, scritta nel libro Atti degli Apostoli. Tra quegli atti deliberati e scelti, l'atto involontario di sbattere a terra comporta le maggiori conseguenze, trasformandolo nel fondatore della cristianità.

L'ebreo Paolo di Tarso si rialza, ma resta cieco per tre giorni, quelli di Giona nell'oscurità della balena. Viene liberato agli occhi da un altro ebreo di nome Anania. Qui i nomi contano. Paolo all'anagrafe è Shaùl, voce del verbo chiedere. Anania significa in ebraico che la divinità ha risposto. La caduta sta a congiuntura dei due verbi e dei due destini.

L'esperienza del tonfo, del capitombolo, si ripete nella storia di ognuno con qualche effetto sorprendente. Dal punto più basso raggiunto, ecco che d'improvviso si ottiene un'affacciata panoramica sulla propria vita, prima e dopo.

Curiosità della caduta di San Paolo: è raffigurata da cavallo. Ma non c'è cavalcatura nell'episodio degli Atti. Da dove spunta? Dall'intenzione di farlo cadere da maggiore altezza per un più forte impatto? Non si dà una spiegazione condivisa nei commenti. Aggiungo la mia.

Il valore numerico in ebraico della parola cavallo (sus) è lo stesso (126) della parola torto (aòn). Lui cade dall'alto del cavallo e del suo torto di persecutore di cristiani.

Da praticante di scalate so che è proibito il verbo cadere. Un valoroso alpinista, Paul Preuss, che morì in montagna scalando in solitaria, disse che quando si precipita si passa il resto della propria vita a cadere.

È un resto breve.

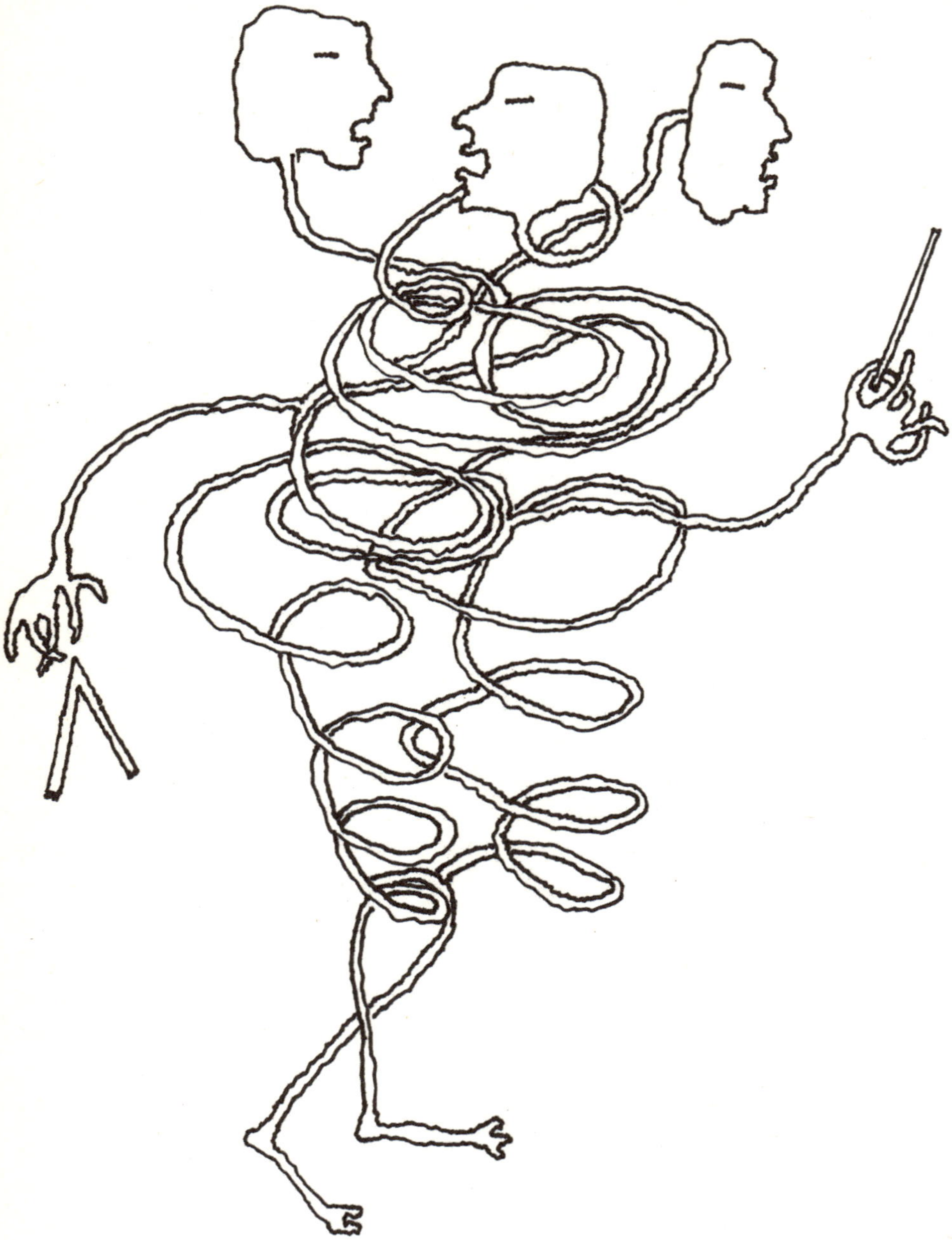

Dal terrazzino di Isa Danieli e Gigi Esposito si vede un poco di marina e tutto il Vesuvio. Case e paesi addossati allo scivolo del vulcano stanno come pulcini intorno alla chioccia, affidati alla sua assurda protezione.

Isa Danieli, attrice dall'età d'infanzia, ha traversato le ere del teatro, da quello greco antico fino all'ultimo moderno. Una sera venne a sentire un mio racconto musicale al Bellini di Napoli. Nominai la sua presenza, salì l'applauso. Aggiunsi una frase imparata da mio padre, adatta all'occasione di lei attrice seduta in platea e io al suo posto sul palco:

"I foderi combattono e le sciabole stanno appese".

Nel video del mio racconto *La musica provata* Isa canta *Silenzio cantatore*. I versi di Libero Bovio descrivono l'intensità di ascolto capace di sentire voci nel silenzio.

"Marì dint 'o silenzio, silenzio cantatore,
nun te dico parole d'ammore
ma t'e ddice 'o silenzio pe' mme."

Voci dentro un silenzio: l'esperienza fu fissata per la prima volta dal profeta Elia che intese la divinità parlare in una "voce di silenzio sottile".

Uno speciale turbamento arriva a percepire l'ultrasuono del silenzio. L'udito umano è scarso. Ma nel fervore di accostamento alla persona amata, la gola serrata a morso che non riesce a dire, ecco che l'udito si dilata e percepisce il silenzio cantatore, aggettivo che combina canto e incanto. Elia, profeta in fuga, braccato e nascosto in un posto deserto, ascolta tuoni, vento, schianti di fiamme intorno e non in quelli trova la sperata voce della divinità. La riceve invece in un minuscolo fruscio, simile a polvere, in un vertice di tensione, i nervi acustici drizzati come antenne.

In una commemorazione dell'11 settembre ai piedi delle nuove torri a Manhattan, Paul Simon ha cantato il suo capolavoro. Descrive una visione che continua "within the sound of silence". In lui quel silenzio cresce come un cancro. Non ho provato questa intensità di percezione. In qualche notte senza luna, sdraiato sotto un'espansione delle stelle, ho creduto di sentirmi al centro della galassia. Era lo sgomento di essere un bersaglio puntato dall'alto. La pelle scottata e salata dal giorno di mare portava la carica elettrica per attirare il fulmine, senza una sola nuvola.

A undici anni ho scritto il primo racconto, riguardava un pesce. Imparavo a conoscerli sull'isola d'estate. In città la vita animale era limitata a piccioni e topi, non avrei scritto di loro.

Non ricordo la specie del pesce nel racconto. Non aveva incontrato nessuno della specie umana, di noi aveva saputo l'esistenza da altri pesci. Ci immaginava come noi gli extraterrestri. Per lui eravamo extramarini.

Mi mettevo per la prima volta nel punto di osservazione di un altro. L'esperienza mi dava la vertigine di non potere poi tornare indietro, rientrare in me stesso. Accettavo da esploratore il pericolo di perdermi nel mare, in esilio dentro il punto di vista del pesce. A undici anni ho saputo che scrivere una storia produceva una dissociazione da me stesso.

Dopo oltre mezzo secolo e altri racconti, so che in me esiste una folla di altri che a turno prendono il sopravvento. Quando scrivo divento il luogo di un io narratore diverso da me.

Il timore iniziale di non poter rientrare nei miei panni è diventato il guaio di ritrovarmi affollato, disperso, in minoranza dentro un'assemblea di condominio.

Non svolgessi la pubblica attività di scrittore, questa pagina descriverebbe il caso medico di una personalità disintegrata.

Credo che mi salvi Napoli, essere nato in una folla con accanito desiderio di identità personale. Ognuno lì vuol essere tenuto a mente per una caratteristica, approfondita poi con fedeltà la vita intera. Non si tratta di desiderio di celebrità, ma del giusto contrario: il bisogno struggente di non essere confuso con nessuno. Perciò la città è teatrale nella maniera più capillare, ognuno sta in una parte rappresentata con la precisione della marionetta. Ognuno è il marionettista di se stesso. I fili che impugna da maestro sono i suoi stessi nervi, dai facciali in giù. Il teatro di Napoli è diffuso dal marciapiede in su, dal mercato al tribunale. Devo all'educazione napoletana l'abitudine a farmi da parte e lasciare il posto a un impostore narrante.

Essere spodestato, assistere di lato alla durata di una scrittura, essere il primo lettore di una storia che ha per autore il mio nome. È comodo e mostruoso.

PER ERRI GRAZIE DA
Alessandro!
TU, MIO

Da tirrenico ho ignorato a lungo il mare Adriatico. Gli Appennini sono una giuntura che offre due versanti diversi anche per clima. La suddivisione geografica dell'Italia tra nord e sud per me è meno impegnativa di quella est ovest.

Ho frequentato l'Adriatico negli anni novanta della guerra nella smembrata Jugoslavia. Ci s'imbarcava con il convoglio di mezzi nel porto di Ancona su un bastimento di nome *Kraliza Mira*, Regina della Pace. Era una regina senza regno, di pace non ce n'era neanche in mare, irritato dal vento di bora. Si sbarcava a Spalato, Split, nome che in altra lingua riguarda il verbo dividere. Divisi eravamo dall'Italia, dall'Europa che prosperava indifferente al ritorno di una guerra nel suo territorio. Sarajevo, miccia della prima guerra mondiale, è stata in quegli anni un cranio circondato da una corona di spine, per l'assedio più lungo del Novecento.

Sul molo di Split si addormentavano gli autisti in attesa del passaggio in dogana. L'Adriatico era allora per me un'amaca notturna, nella cuccetta dondolavo dentro un sonno sbatacchiato. Per altri autisti era la penitenza dell'insonnia, a stomaco vuoto per prudenza. Non era ancora un mare per me l'Adriatico, era un turno di notte. Per chiamarlo mare mi serve di essermi nutrito alla sua mensa. In una benedizione ebraica si ringrazia il cibo: "perché abbiamo mangiato da ciò che è suo".

L'ho conosciuto alle isole Tremiti sulle piccole barche da pesca di Angelo e di Annalisa. Scarse di turismo, di seconde case, non hanno attracco per panfili e velieri. Si parla un napoletano antico, stabilito dai deportati spediti in colonia penale dai Borbone. Calare al tramonto, ritirare alla prima luce le reti con i pesci impigliati, i pescatori bussano ogni giorno alla porta del mare, lasciando fare al mare. Piegare la schiena per ricucire un rammendo, per issare un'ancora, per innescare un filo: sono piegamenti che danno dignità al gesto più antico. Piegarsi per ossequio a una pubblica autorità invece produce sottomissione.

Su una piccola barca da pesca alle isole Tremiti ho ritrovato il mio posto d'invitato in disparte. Per essere con altri devo tenermi nel preciso punto di distanza, trovato per istinto che è un maestro antico. È misura interiore, non riguarda i centimetri e i chilometri. Mi riconosco intruso tra i fidanzati.

Le vidi incollate sul muro della cantina di Daniele, cugino maggiore, Napoli 1967. Staccate da bottiglie scolate insieme ai suoi amici, erano esposte a memoria delle loro serate. Me ne sono ricordato quando finii di trasformare una stalla nella casa che abito. Nella cucina di mattonelle bianche incollai le prime etichette di vini bevuti sulla panca di cemento che gira intorno al tavolo. Avevo ventotto anni e non avevo ancora la patente di guida. Ci provai quell'anno, fui respinto. Gli esami si vendicavano di me che non avevo più voluto incontrarli dopo l'uscita a schizzo dal liceo. Niente iscrizione all'università, avevo smesso di sottostare a approvazioni. Preferivo le disapprovazioni.

Col tempo le etichette di vino hanno riempito gli spazi bianchi e le mie sere brevi. Non formano un album di fotografie, non mi ricordano con chi, in quale occasione furono stappate. Somigliano a una raccolta di francobolli staccati da lettere perdute. Sbiadiscono e ingialliscono perché sono foglie.

Per battuta dico che a differenza di chi beve per dimenticare, a me con le bevute succedono ricordi. Persone andate tornano a sedersi sotto le etichette. Da novembre a marzo accendo di sera un fuoco nel camino, che mi scalda e mi tiene compagnia con i suoi bisbigli. Sulla panca tornano le visite. Sono discrete, stanno coi loro pensieri. I miei fantasmi si presentano a ora di cena, sanno che a mezzanotte sto in un sonno serrato a pugno e non ricevo.

Guardano come allora la distesa di rettangolini colorati coi nomi affettuosi dei vini. Accennano sorrisi. Non stanno con me, stanno tra loro. Il vino che ho bevuto li fa ritrovare.

Sono eleganti, hanno la loro età migliore. Siedono intorno alla tavola senza badare a me, senza vedermi. In quel punto ci diamo il cambio. Loro ci sono, io no.

11
888
99
110
13
22
211
11
12
7
3
14
4
6
15
17
16
50
22
23
18
191
710
240 25
26
20
270
2318

ALTARINO

"À l'aurore, armés d'une ardente patience, nous entrerons aux splendides villes."

Rimbaud in *Una stagione all'inferno* accoppia la pazienza con l'ardore. È una rivelazione che cambia i connotati alla pazienza. Non è sopportazione, ma tensione dentro un'attesa. Si manifesta nel prigioniero in scadenza di pena, nell'innamorato arrivato in anticipo al primo appuntamento.

Mi passava come un'ape intorno, il verso di Rimbaud mentre costeggiavo a piedi l'isola di Lampedusa. Dietro le spalle avevo lasciato il faro di Punta Sottile, estremità sud del suolo italiano. Un faro serve a tenere a distanza. L'isola era diventata la patria dei naufraghi, il primo sbarco di fortuna in terraferma.

A un carico stracarico, pressato, accatastato, servirebbe la bonaccia piatta, la navigazione su un tappeto. Lo sanno i delfini che a volte si affacciano e viaggiano accanto senza saltare, per non agitare la linea di galleggiamento.

L'isola era l'Europa per chi la cercava dall'Africa e dall'Asia. La prima domanda era: "Dov'è la stazione?".

Camminavo sulla scogliera bassa. Nelle baie quiete ho rivisto nell'acqua marina il blu steso da Giotto sugli affreschi nella Cappella degli Scrovegni. È un blu preso dal mare e consegnato al cielo, un blu che chiede al cielo di esser così. Per realizzarlo Giotto usò un silicato di sodio e di alluminio. I pittori lo chiamano Blu di Oltremare. Stava nei riflessi delle baie a Lampedusa. Era il blu navigato a mosca cieca, senza provviste e acqua, senza dove e quando. Lampedusa è l'oltremare blu dei viaggi appesi a un filo di aquilone.

Li tiene insieme la pazienza ardente che Rimbaud conobbe durante l'agonia della cancrena.

Sul campo la chioma degli alberi è a forma di nuvola, sotto di loro smette la mia ombra. Lo stesso mi succede coi libri, leggendoli sto sotto il loro ombrello. Le pagine somigliano alle foglie.

Sono tornato sotto quelle di Pinocchio. La lingua italiana di Collodi mi mette il buonumore. Pinocchio, di mastro Geppetto, è la figura opposta a quella di Gesù. Pinocchio in cima ai desideri vuole incarnarsi, Gesù è costretto a farlo.

Pinocchio a fine di racconto diventa un bambino qualunque, Gesù diventa l'albero maestro, tutt'uno insieme al legno fresco di una croce.

Pinocchio crescerà, potrà sposarsi, rinunciando ai suoi poteri. È invulnerabile, chi lo attacca a mani nude si fa male, e se lui sferra un colpo, è una legnata. Non affoga, non gela, non si ammala. Vivrebbe assai più a lungo. Se si brucia una gamba, la rimpiazza. Invece rinuncia per diventare fragile, precario, carne, ossa e battito cardiaco. È un legno difficile da intendere, più del cavallo imbottito di guerrieri Greci, più del bastimento gigantesco e assurdo di Noè. Una chitarra non vuole diventare chitarrista, abbracciare anziché farsi abbracciare.

Il ciocco di catasta scolpito da Geppetto, i pali della croce: non sono di legno pregiato. Le figure indelebili hanno modeste origini, mentre i re, i potenti hanno di carta straccia i loro nomi, ammuffiti dentro l'elenco di una dinastia.

Alla stazione vedo la mia ombra sporgersi sul binario del treno di passaggio. Non faccio in tempo a ritirarla. Riapro gli occhi, non è stata investita, se ne sta appoggiata ai vagoni che spostano il vento. È illesa, un po' schiacciata. Così è quando leggo. Mi passa sopra un treno, precipito, affogo, brucio e da qualunque azzardo, amore incluso, esco stordito ma rigovernato. Poi chiudo il libro e mi trovo riammesso nel presente.

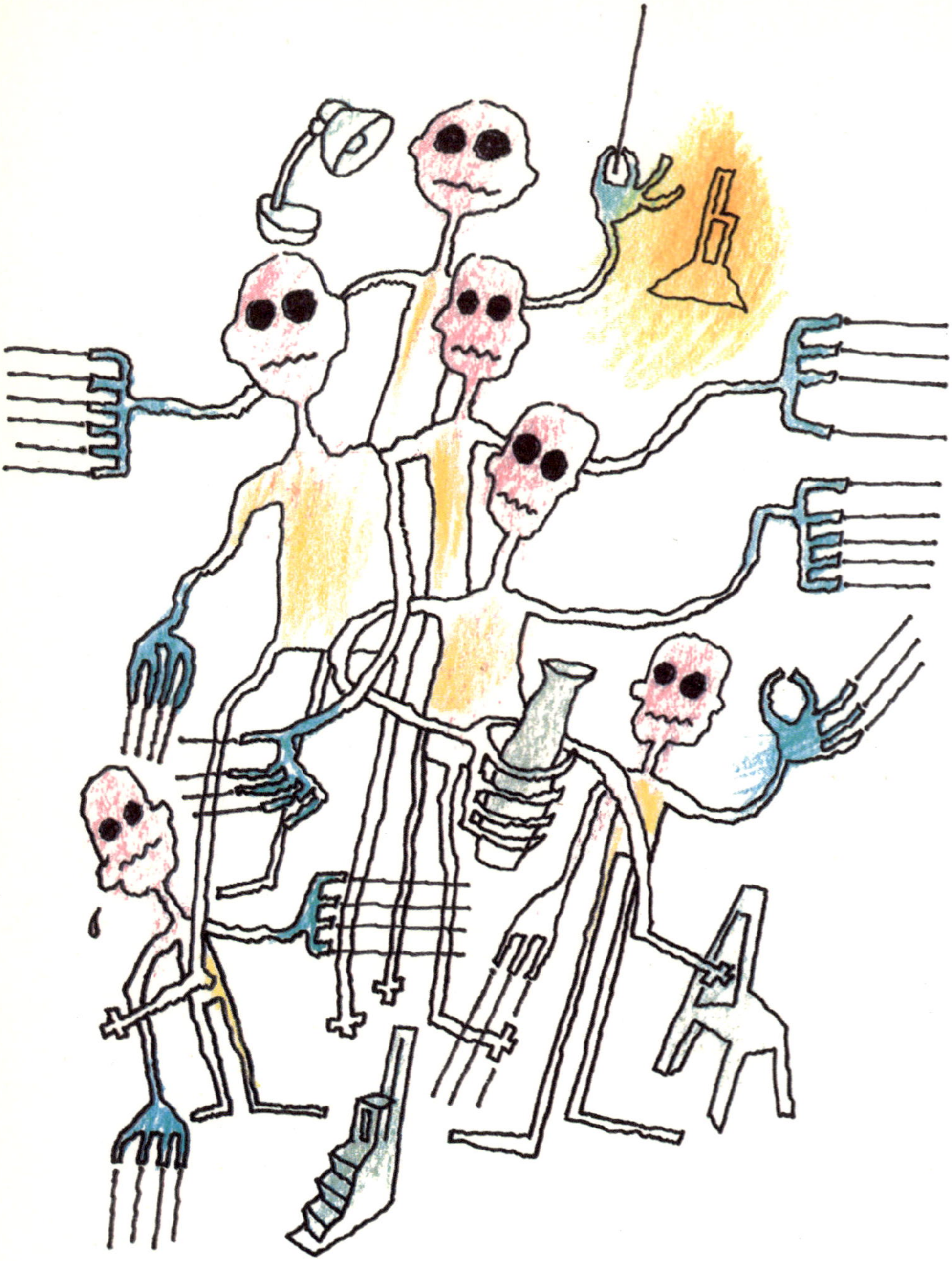

Accusato d'irriverenza verso le autorità, non volle ritrattare.

Si dichiarava figlio di Adàm. Non era una novità: per la sua gente lo sono tutti. Lui però implicava che si è perciò fratelli. Questo non ha impedito né impedisce di uccidersi a vicenda, fraternamente da Caino e Abele.

Escogitò parabole, che sono un congegno della letteratura.

Compì molti interventi sanitari, ma i risanati non mantengono a lungo salute e gratitudine.

Disse che a uno schiaffo in faccia si doveva rispondere offrendo l'altra guancia, per rendere l'aggressione ridicola con una reazione imprevista. Ma senza esagerare: le guance sono in numero di due.

Disse che gli ultimi avevano una speciale precedenza. Le autorità non gradirono e lo fraintesero per un programma politico. Era molto di più.

Si volle isolare in un deserto dove subì la tentazione del potere. La respinse.

Per un giorno fu acclamato re. Questo incidente autorizzò un seguace al tradimento.

Lo processarono per parabola contraria all'ordine costituito. Poteva bastare una sua ritrattazione.

Si rifiutò. Fu condannato per ostinazione.

La sua condotta processuale fu incomprensibile ai presenti.

Dal punto di vista del giudice, l'imputato commetteva un suicidio.

Nel disegno a fianco riconosco quelli che si spartirono le sue vesti, perché lui era stato issato nudo.

Ora è nuda la terra, i suoi vestiti trasformati in merci.

PAX
PAX PAX PAX PAX PAX
PAX-PAX PAX PAX PAX PAX
PAX PAX PAX PAX PAX
pax pax pax pax pax
PAX
PAX-PAX-PAX
PAX
PAX-PAX
PAX-PAX-PAX

"Sui monti della Grecia c'è la Vojussa / dal sangue degli alpini è tutta rossa." Mio padre ha trasmesso a noi figli questo e altri canti alpini, unico resto, insieme a qualche foto, del suo servizio militare nella seconda guerra mondiale. La sua divisione era impegnata in Albania, sulle montagne del confine greco.

Non ha voluto dire ricordi, neanche il vino gli scioglieva il nodo. Una volta rispose a un suo coetaneo che aveva avuto il privilegio di scansare l'obbligo di leva. Com'era stata la guerra, gli chiese. Lui rispose distrattamente: "Erano grasse le trote della Vojussa". L'altro sorrise pensando che la guerra era stata un campeggio estivo. Gli alpini pescavano le trote e le cucinavano, integrando così la razione scarsa. Lui non ne assaggiava, abituato al pesce di mare, quello di acqua dolce gli spiaceva.

Ci ho messo molto tempo a collegare la risposta di mio padre al canto alpino. Le trote della Vojussa erano grasse dal sangue degli alpini. La sua reticenza a raccontare la guerra aveva lasciato una piccola traccia che ho risalito troppo tardi per chiedere di più.

Mi sono accorto di una specie di coincidenza con lui, nei viaggi da autista dentro la guerra di Bosnia. Nel mese giusto i bambini vendevano ciliegie sul bordo delle strade bianche che attraversavamo con i nostri convogli. I campi intorno erano seminati di mine antiuomo, che erano anche antibambino. I più leggeri ci andavano scalzi per raggiungere i ciliegi carichi di frutto.

Un verso della mia poeta preferita, Marina Zvetaeva: "Ciò che non è bello al vento, è orribile". Erano belle al vento le ciliegie di Mostar che non potevano essere colte. Erano orribili i passi per raggiungerle.

I miei compagni di viaggio compravano quelle ciliegie. Facevano bene, aiutavano il minimo commercio di una economia di guerra. Davano un senso allo spericolato raccolto dei bambini. Sputavano il nòcciolo e lo scrupolo. Non riuscivo. Dal finestrino del mezzo che guidavo, vedevo i cestini di ciliegie scippate alle bombe dalla mano lesta di minimi borseggiatori in punta di piedi. Mio padre con le trote della Vojussa, io con le ciliegie di Mostar: riconosco a distanza di tempo un paio di nostre astinenze alimentari.

Non furono diete. Non hanno calato di un grammo il peso lordo del nostro Novecento.

In questi duetti con Alessandro Mendini, di pagine nostre che vanno sottobraccio, dichiaro la mia dipendenza. Provo suggestione seguendo le linee del suo inchiostro. Quello che scrivo dipende dal riflesso di uno che è preso alla sprovvista.

La suggestione è una manifestazione della verità, che fa le sue incursioni aggirando il sistema difensivo del comune sentire. Penetra oltre le linee, la suggestione, e guasta la normale percezione della realtà. Fa spalancare gli occhi, fa sentire nudi: come quei due nel primo giardino, dopo l'assaggio scippato dall'albero della conoscenza. All'inizio dà allucinazioni, poi si assesta. La suggestione provoca lo sbandamento della verità. Qui ne riporto un caso, dovuto alla pagina di fianco.

Il tracciato di un elettrocardiogramma disegna a picchi e onde increspate il battito del cuore. La sua linea allude a un percorso lineare, perciò illude. Non viaggia così il sangue catapultato dalle contrazioni del muscolo cardiaco. Va per sentieri biforcati, s'infila in ogni labirinto e torna indietro senza ossigeno.

I disegni delle pagine a fianco sono un più aderente tracciato del battito cardiaco. Il suo inchiostro scende nei chilometri del circolo sanguigno fino ai vicoli ciechi dei capillari minimi. Nel percorso incontra grumi, trombi, placche, agguati sotto forma di stenosi nelle gole strette del sistema vascolare.

Anche se scorre appena sottopelle, il sangue incontra le creature degli abissi, rettili e relitti di sconvolgimenti avvenuti all'insaputa stessa della superficie.

Succede di trovare fossili marini sulle pareti dei monti. Qui si incontrano organismi che risalgono alla preistoria del corpo. Sulla pagina a sinistra di questa, prende forma il segno di una sonda immersa dentro il sangue.

Artista è chi riporta in superficie la vita che gli scorre sotto traccia.

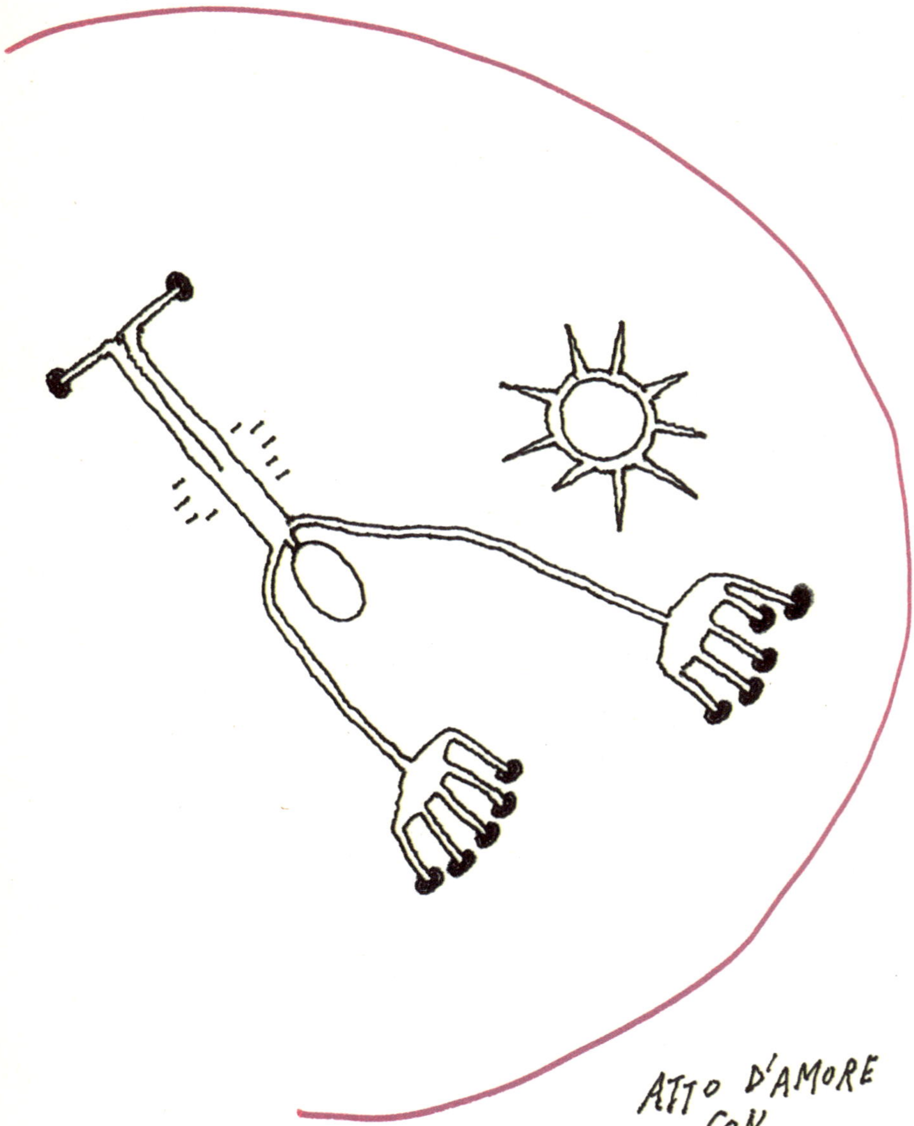

ATTO D'AMORE CON LA NATURA

Quando Abramo porta suo figlio Isacco in cima al monte, gli carica sulle spalle i legni del suo stesso sacrificio. Dice il verso (così è, il verso dice, non è solo scrittura, è anche voce) che Abramo prese per sé il coltello e il fuoco. Non lo trovava in cima alla montagna, il fuoco. Doveva portarselo dietro dal bivacco della notte prima. Raccolse braci dentro un coccio, per innesco.

Accendere un fuoco all'aperto, spostandosi per giorni di cammino, comportava simili accorgimenti. Della faccenda del mancato sacrificio di suo figlio, mi fisso sulla premura di Abramo per il fuoco. Era indispensabile insieme al coltello per obbedire alla voce che gli chiedeva di scannare suo figlio e offrirlo sul piatto di pietra di un altare grezzo.

Aveva risposto: "Eccomi", senza esitare, ma pure senza scelta. Quella voce lo aveva raggiunto per la prima volta chiamandolo per nome. Da subito aveva reagito con: "Eccomi", una vampata di calore in petto. Non poteva sottrarsi.

Quella voce lo aveva sradicato da casa, da famiglia, per spedirlo al vagabondaggio senza fine di una carovana. Quella voce: lui solo la sentiva, diretta a lui e a nessun altro intorno. Era diventata la sua patria, quella voce. Abramo: le prime sue lettere del nome formano in Ebraico la parola padre. Era pronto per obbedienza a cancellarle, insieme alla paternità. Aveva legato il figlio, che si era lasciato legare, per la stessa insuperabile obbedienza. Ne esistono di mostruose. Poi lo aveva sollevato sulle braccia e deposto sopra la fascina dei legni, già sistemati sopra un altare di sassi. E poi aveva tolto dal fodero il coltello, affilato per l'uso rituale di recidere la giugulare. E poi aveva. No. E poi non aveva.

Ancora quella voce, a lui rivolta e da lui solo udita, nemmeno vagamente percepita da Isacco che aspetta a gola tesa, quella di chi canta o viene scannato. Quella voce gli ferma il braccio e dice: "Adesso ho conosciuto". Non lo sapeva prima. Quella voce si era messa in disparte per lasciare fare, negando a se stessa la facoltà di conoscere in anticipo. Lasciava fare agli uomini e alla loro libertà di fraintendere. Abramo sapeva che quella voce c'era e assisteva in silenzio. Ce n'era così tanto da sentire le braci nel coccio soffiare pianissimo. Il suo bisbiglio diventa la voce che lo arresta con il coltello pronto in una mano e l'altra che per i capelli tiene la testa del suo unico figlio.

Non si trova scritto, nel dispositivo del capitolo 22 del libro Genesi/Bereshìt, il verbo slegare. Isacco non si slega dalla sua obbedienza, che è un nodo stretto quanto il coltello nel pugno di suo padre.

Per vizio e per istinto smonto le frasi fatte.

Bagno di folla: impossibile, la folla è spessa, ruvida, travolgente, ma liquida no. È formata da persone che non sono gocce, ricorrente simbolo di cose uguali tra loro: come due gocce d'acqua.

In un assembramento le persone sono più simili ai fiocchi di neve, i loro cristalli unici e distinti. Accumulano peso su un pendio, sopportano di starsene compressi, ma quando avviene il cedimento allora è una valanga, agisce da martello.

In montagna ne ho viste e sentite spingere innanzi a loro masse d'aria spostate che già da sole producevano lo schianto. Del loro vento di tempesta ho sentito la voce che sfondava ostacoli. La dico voce perché chiama, avvisa, com'è voce quella delle campane a stormo.

Ho visto la folla compiere lo stesso. Non è da bagno farne parte, è invece comprimersi in un pugno. Negli anni settanta la folla che chiamavo con l'intimità del pronome personale noi, si dava un formato di schiere. Le persone si tenevano legate sottobraccio in file parallele, procedevano a passo di marcia. Scandivano parole gravi. Se cantavano in coro, sollevavano un'onda sonora. Erano maggioranza di una generazione, che non è un numero ma un sentimento.

Ogni valanga dopo il crollo si disfa, allargandosi e spegnendosi. Così fece anche quella insaccata nel vasto pronome noi.

Resta in ognuno la forma ammaccata di cristallo compresso nell'insieme di uguali e di distinti. Resta in ognuno il segno di avere appartenuto a una valanga e non a una tinozza.

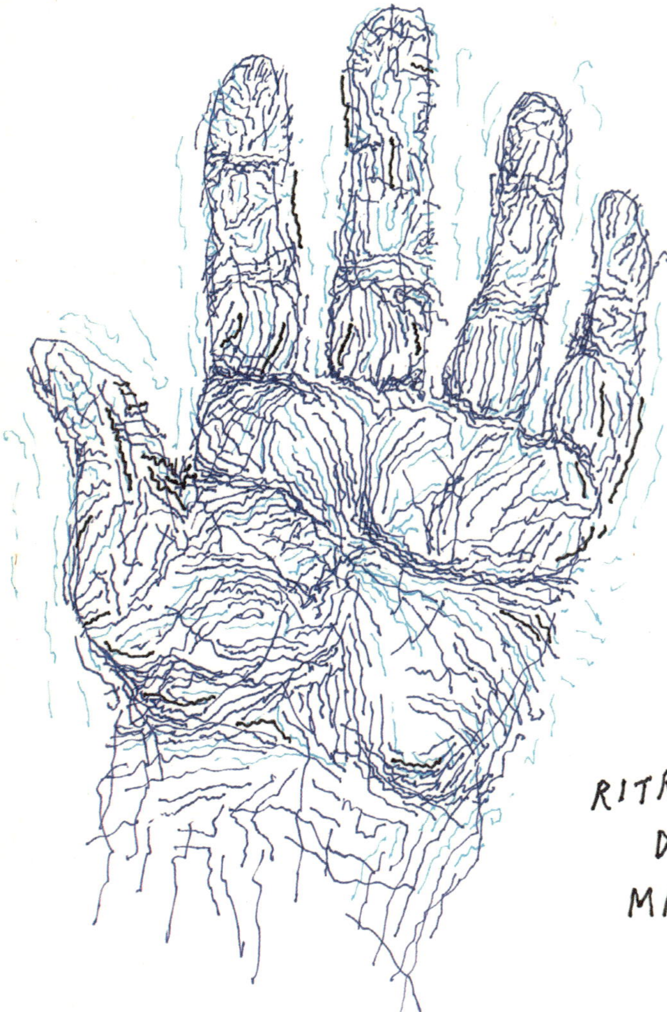

RITRATTO
DELLA MIA
MANO SINISTRA

Il breve libro del profeta Giona/Ionà termina in modo strepitoso: con una domanda della divinità, lasciata da lui senza risposta. Riguarda la città di Ninive nella quale si trova una moltitudine di persone così disorientate da essere incapaci di distinguere la propria mano destra dalla sinistra. Alla prima lettura mi venne di guardarmi le mie. La mia mano sinistra sa bene quello che fa la destra. Lavorando a lungo con mazza e scalpello, i colpi imprecisi della mano destra sono caduti sulla sinistra. Non per questo è innocente, è dimostrata la sua complicità in ogni azione operata dalla destra.

Quando le incrocio in tempo di riposo, quando battono insieme i colpi di un applauso, sembrano gemelle. Non è così, la sinistra non sa scrivere, non gliel'ho insegnato. Ho colpa di una mano analfabeta che fa da cameriera all'altra, reggendo la cartolina spedita da un viaggio, il foglio di una lettera d'amore.

Le ho tenute poco nelle tasche. Quando non applicate ai lavori manuali, le ho messe su pareti dritte al cielo e loro sono andate avanti, in su, portandosi dietro il resto del corpo fino in cima. Quando stringo una mano per saluto, non la stringo. Ma se sento che è larga, ruvida, ispessita, allora sì. La sinistra aspetta un passo indietro, mano di servizio senza accesso alla cordialità.

Il cemento, la calce le hanno morsicate, le carezze le hanno sorprese. La prima fu sotto una tavola apparecchiata. Una mano di ragazza cercò la mia scansando la tovaglia, il mio sangue si precipitò dentro la mano, per curiosità. Si spinse fino ai capillari per ricevere la prima carezza innamorata. Si chiusero gli occhi per sentire meglio. Era la prima volta della fortuna di essere scelto, la sua mano che chiedeva la mia era nuziale.

Ringrazio Alessandro Mendini per il disegno della sua sinistra, omaggio della destra alla sorella. Per una volta è lei a mettersi al servizio dell'altra, disporla in posa per raffigurarla.

Dylan Thomas in una sua poesia scrisse che le mani non versano lacrime. Vero, però le possono asciugare.

MILANO

Le torri saracene sparse sulle nostre coste sono un'edilizia del terrore, costruita per esorcizzarlo. Facevano da sentinelle contro le incursioni improvvise dei pirati, avvistando il pericolo in tempo. Le opere murarie precedenti alle attuali avevano un valore di uso. La nostra modernità ha invece concepito l'opera vana al posto della necessaria. In Sicilia la rete ferroviaria collega stazioni con tempi da carrozze a cavallo, ma si progetta la sontuosa spesa di un Ponte sullo Stretto.

La nostra modernità ha bisogno di fatturare lo spreco.

L'Incompiuta è il nome di una sinfonia di Schubert ma anche un modello di sviluppo italiano. Centinaia di grandi opere pubbliche sono state lasciate così, abbandonate prima del termine. Evidentemente da noi non serve l'opera compiuta, ma quella a effetto ritardante, da prolungare col massimo di sfondamento della spesa preventivata.

A conferma di questo modello ecco che si contano numerose opere effettivamente eseguite ma non inaugurate e lasciate perciò senza utilizzo: ospedali, prigioni, strade, ponti.

La nostra modernità si specializza nel superfluo e nell'inservibile. Non fu così pure per la torre di Babele, raffigurata come opera incompiuta? No. A smentita delle sue illustrazioni la torre fu eseguita fino in cima.

"E scese Iod (lettera iniziale ebraica del tetragramma, nome impronunciabile della divinità) per vedere la città e la torre che avevano costruito i figli di Adàm." Non la stavano ancora costruendo, ma "avevano costruito", dunque terminato. La loro ultima pietra non aveva raggiunto lo scopo di abitare il cielo: "Costruiamo per noi città e torre e la sua testa nei cieli" (Genesi/Bereshìt 11, 4).

La sua fabbrica fu la più ambiziosa edilizia del genere umano.

Da lettore ho ammirato l'impegno di operai a servizio di un progetto visionario. Lavoravano per avvicinare la terra al cielo, per salario e per delirio. La specie umana ha bisogno di darsi traguardi impossibili. I suoi progetti hanno diritto di fallire se hanno in cambio ispirato un grandioso impegno. Sono stato operaio in un'epoca commerciale, per il solo salario. Senza un più valoroso scopo, di quel lavoro resta un ricordo duro.

È comune tra gli scrittori usare un secondo nome per firmare i libri. Ne adopero uno per me, Erri, inesistente all'anagrafe ma usato dai miei genitori. Scrivendolo mi mantengo figlio loro.

L'autore di *Alice nel paese delle meraviglie*, Lewis Carroll, si chiamava Charles Lutwidge Dodgson. Fu un valente matematico, poi un fotografo di avanguardia, infine scrittore. Era balbuziente. Col suo vero nome pubblicò trattati di logica e un sistema di scrittura da potersi fare al buio. In enigmistica preferì gli indovinelli e le sciarade, in teologia respinse la concezione del peccato originale, sostituendola con l'innata divinità di ogni essere umano.

Tenne un diario di viaggio visitando la Russia nel 1867.

Nel percorso visitò Danzica e ammirò nella cattedrale il trittico del *Giudizio Universale* di Hans Memling, abbondante di figure nude, soggetto preferito delle sue fotografie.

Riporta questa impressione circa i diavoli presenti nel dipinto: "Sono però troppo grotteschi per destare orrore".

La spudorata faccia del male, ridotta a caricatura, può essere ridotta allo stato ridicolo.

Richelieu vide nella figura del politico la contraffazione diabolica del santo. Erano altri tempi, l'arte di governo era in mano a strateghi di grandi progetti.

L'attualità propone invece la figura politica del gradasso. Aizza le paure pubbliche e private per offrirsi domatore, promette diritto di pugno. Non esiste nel suo vocabolario la parola pace, perché inefficace allo scopo di agitare. Arrivati al traguardo del consenso, raggiungono l'effetto dei diavoli di Memling, troppo grotteschi per destare orrore.

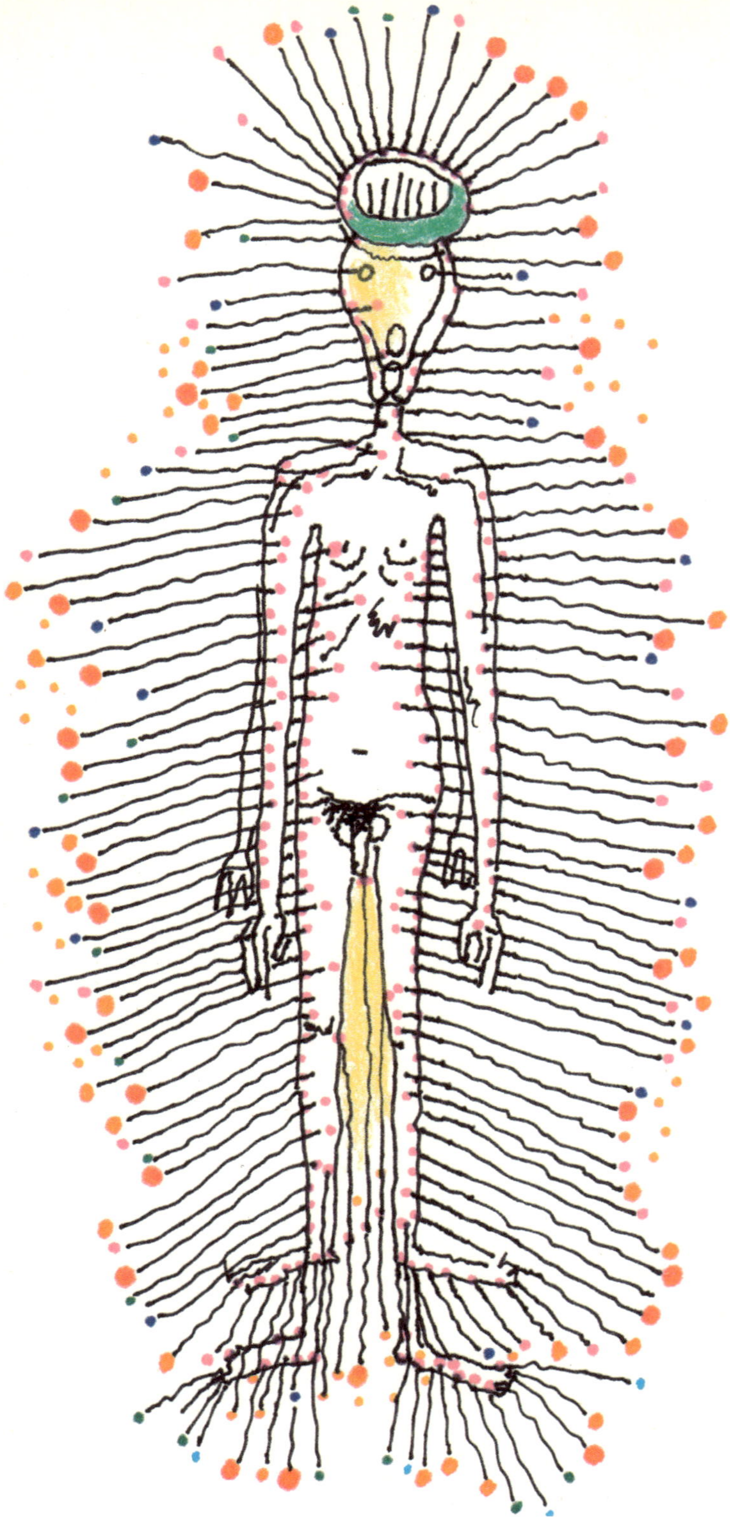

In un manifesto della rivoluzione russa si vede un vecchio scalzo, vestito di bianco, su sfondo nero. Ha le mani alzate, la bocca aperta, dietro di lui due spighe spezzate, sotto di lui una scritta a caratteri maiuscoli che dovrebbe scandire la sua voce. "POMOGHI", aiuto, senza punto esclamativo, per migliore evidenza. È annata di carestia nelle pianure del Volga, il manifesto dichiara la fame e la lotta per debellarla come un'epidemia.

Ci troviamo oggi in un'epoca nutrita, dove la magrezza proviene da una dieta volontaria e fanno buoni affari i consiglieri dello snellimento.

Mio padre usava un detto meridionale: "Il sazio non crede a chi ha fame". Non so se abbia sperimentato la penuria di cibo. Della sua malora di soldato in guerra ha lasciato a noi solo un repertorio di canzoni alpine. Una dice: "Se avete fame, guardate lontano".

A me è capitato in gioventù. Andato fuori di città e di casa per cavarmela da solo, ero impreparato alle scarsità. Derubato della paga di un lavoro di fattorino, non sapevo chiedere. Mi venne in aiuto una lotta sindacale. Le maestranze dell'università permisero l'accesso alla mensa anche a chi era senza tesserino di studente. Incontrata per strada una loro manifestazione, vi entrai per ammirazione. Trascurai di eseguire la consegna di un pacco urgente, scesi dal marciapiede, e fui in mezzo alla via insieme a loro. A quel tempo bastava un solo gradino per scendere in un'onda. Le truppe in divisa non potevano essere argine sufficiente. Persi nel parapiglia il pacco e il lavoro. In cambio, si rinnovava ogni giorno il miracolo politico di un libero pasto alla mensa degli studenti. Molte conquiste minime e grandiose come questa provengono dal tempo del contadino scalzo e delle spighe spezzate. Molto nutrimento di oggi ha il precedente di una fame riscattata.

La figura allampanata, schizzata da Alessandro Mendini, mi richiama a sproposito una di quelle scarsità che in gioventù si accettano come avvenimenti naturali. Da vecchi le penurie pesano di più. Nelle facce degli anziani della guerra di Bosnia si pronunciavano le rughe delle perdite e quelle della vergogna di qualunque boccone inghiottito, perché tolto a un nipotino, a un figlio. Allora il nostro gesto di rifornimento portato da lontano riparava, insieme al fabbisogno, il torto di nutrirsi a scapito di un altro.

Mi rado la barba senza aiuto di specchio, evito di guardare a lungo la mia faccia che mi guarda. È un fastidio che fa il paio filosofico con la frase di Socrate "Conosci te stesso". La mia risposta al consiglio è no. Per il mio tentativo di conoscenza preferisco gli altri, il mondo intorno. La mia indagine si rivolge all'esterno, non verso me stesso.

Quello con nome e cognome serve ai documenti. Leggo che la frase di Socrate non piaceva neanche a Goethe che scrisse questo paragone: "Come se a un ballo mascherato venissi / e subito la maschera dal viso mi togliessi". Conoscersi per lui era smascherarsi, rinunciando al motivo principale del ballo.

Mi sono conosciuto invece in qualche circostanza brusca. In un amore dei trent'anni scoprii che l'amata frequentava un altro. Nella confusione della scoperta, mi accorsi di non essere geloso. Mi faceva male il sotterfugio, non il fatto. Rovistai nei nervi per trovare quello della gelosia, ma non c'era. Col tempo ho accettato la notizia di non poter bastare a una donna, di non pretendere da lei un'esclusiva.

Conoscersi per me significa infittire il mistero, non diradarlo. Mi sono conosciuto in una febbre, in una calma improvvisa, in un cedimento. In ognuno dei casi avrei preferito di no. Si tratta di accidenti accaduti a un qualche me stesso, monodose, scartato dopo l'uso.

Nella pagina a fianco vedo le colorate figure del jolly, la carta che può essere tutte le altre. È la migliore sostituzione dell'identità, essere chi si vuole, non quello che si è già. Contenere in sé i semi di una folla.

Non posso chiamare esperienza la vita sfiorata, calpestata. Non riconosco alcun addestramento avvenuto, alcun insegnamento impartito dalle circostanze. Resto principiante, rinnovo le varianti sorprendenti della mia incompetenza, impreparato a tutto. Di volta in volta posso essere tutte le carte del mazzo.

IO ERRO
TU ERRI

Notizie sull'ombra: è una proiezione e ha bisogno di una fonte luminosa.

Non è a specchio, non riproduce l'immagine, la interpreta.

È invulnerabile.

È terrestre, non si proietta in cielo, però sul soffitto.

Può anticipare i passi, non è costretta a seguire.

Si muove come il pezzo della Regina sulla scacchiera, anche se il corpo è un pedone.

Ignora la libertà, la solitudine, la genetica.

Non è rilevabile da indagine, non lascia impronte.

È stato il primo cinema, cinese, muto, bianco e nero, senza la pellicola.

Caravaggio l'ha stesa, olio su tela di vela.

Ha la premura di scomparire dentro un'altra ombra.

Fa le veci dell'angelo custode, pure adesso che scrivo sul quaderno: il cranio si proietta sulla pagina, con le orecchie ai bordi.

In qualche fotografia al tramonto si allunga come un binario.

Nella sola resurrezione certificata dal racconto sacro, non è nominata. Sospetto che quel corpo, ritornato alla vita, non l'avesse.

All'ombra delle fanciulle in fiore, non ci sono stato. All'ombra di una bandiera sì, ne ricordo il colore. Per lei invece non conta.

All'ombra di un vulcano ho avuto da ragazzo un balcone per avvistamento del futuro.

Il regno delle ombre non esiste, è una repubblica.

Quando spengo la luce accanto al letto, si trasferisce dentro di me. Sento il suo ingresso nel naso, poi nel sonno.

Nel suo disegno Alessandro Mendini trasforma il mio nome in un verbo. Lui tiene la prima persona all'indicativo, io prendo la seconda, all'accusativo. Due linee accennano alle nostre direzioni che si allontanano, portandosi dietro il lieve bagaglio dell'ombra.

Su di lei la migliore frase l'ha detta un soldato di Sparta alle Termopili. A chi dei suoi diceva che le frecce dell'esercito persiano avrebbero oscurato il cielo a causa del loro numero, rispose: "Così combatteremo all'ombra".

Si dice che alla fine dei tempi risorgerà a portare i corpi ammessi all'eternità. Per l'occasione sarà lei la guida.

BURNING
BODY

La tavola di cucina ora è deserta. Se ne sono appena andati gli ospiti, ho sparecchiato e lavato i piatti. Sul lato lungo, vicino ai fornelli, è seduta mia madre, un paio di cuscini sulla sedia le alzano i centimetri perduti incurvandosi.

Di fronte a lei, mio padre: a portata di mano il vassoio girevole, dove tastare a mosca cieca il sale, l'origano, l'aceto.

Poi al suo posto si è seduto Iko, Izet Sarajlić, poeta sbattuto come un tronco sulla spiaggia dopo che la sua prima e unica sposa Miki morì nella sua stanza. Era appena finito l'assedio di Sarajevo, era tornata la corrente elettrica nel campanello della porta. *Qualcuno ha suonato* è il titolo di raccolta delle sue poesie di dopoguerra.

Accanto a lui, un centimetro di barba brizzolata in faccia, Ante Zemljar, pure lui poeta, rimasto nelle celle per un decimo della sua vita. Ante ne scrisse anche a Goli Otok, l'isola dei lavori forzati, su carta di cemento, con un carboncino nell'unghia.

Spalle all'ingresso è seduto Marco, che m'insegnò i nodi e le mosse della scalata e che si volle togliere di mezzo buttandosi di sotto, un giorno d'impazienza.

Accanto a me è seduto Gian Maria che cantava *Miniera* per mia madre, che l'ascoltava meglio a occhi chiusi.

Di lato sulla panca saliva il cane lupo nero, che sentiva tutto, pure il rumore delle pietre nel muro. Issava le orecchie nel mezzo di un silenzio della casa, ringhiava piano a nessuno.

La tavola appena sparecchiata è il mio albero in fiamme. Riconosco le voci che guizzano sulla punta delle lingue di fuoco. Dante nel canto 26 dell'Inferno riconobbe la lingua di Ulisse in una di quelle. Io sono avvantaggiato, ho conosciuto di persona le vite che ora sono fiamme.

Intorno alla mia tavola tornano a brillare per effetto del buio e del fuoco acceso nel camino.

In fine di serata mi alzo dalla tavola, li lascio a continuare senza me.

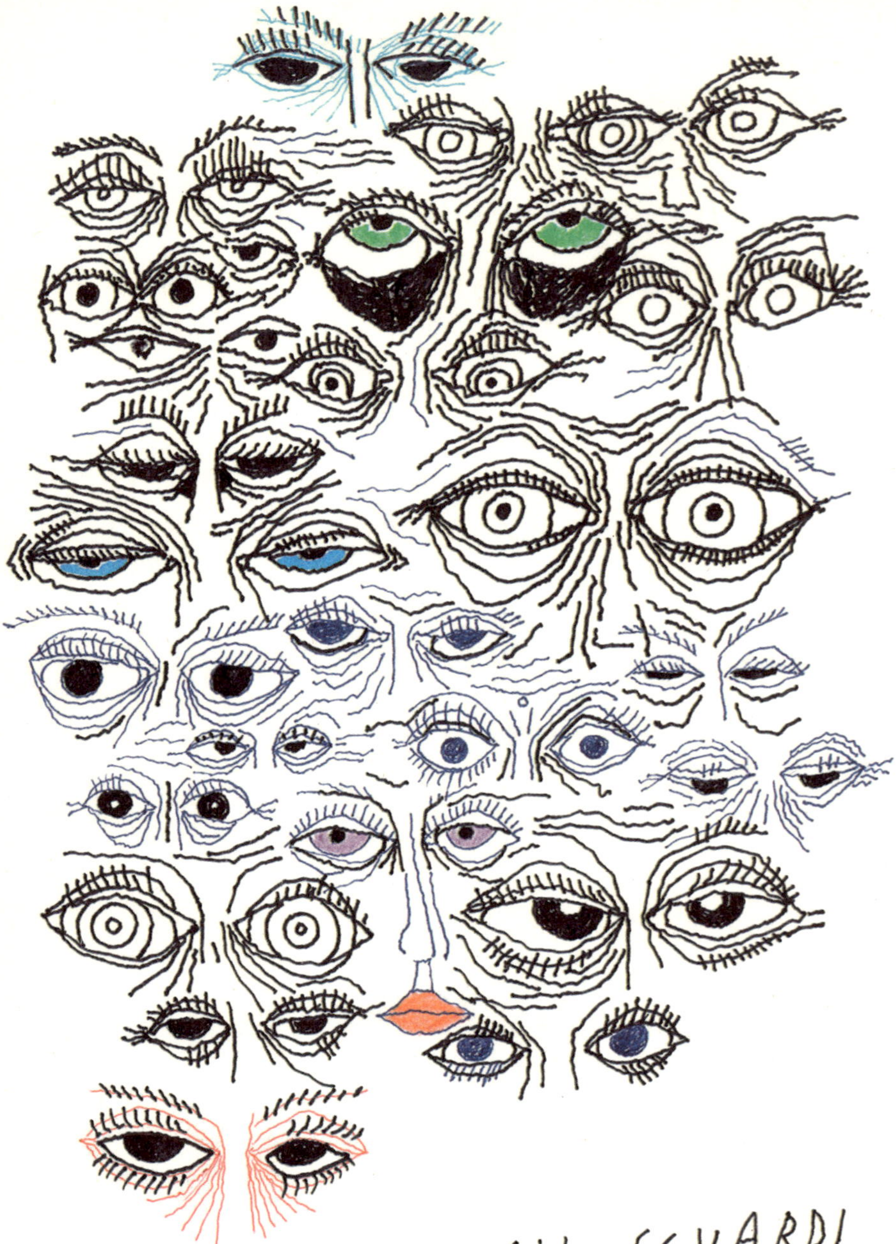

GLI SGUARDI

Sono un raccoglitore di storie. Mi è capitato in infanzia, non è stata una vocazione. La città strepitava a ogni orario, i muri erano una membrana acustica, trasmettevano voci anziché trattenerle. Raccontavano liti, sogni, apparizioni di spettri, estrazioni del lotto, terremoti, santi, imbrogli, vizi.

I vizi: diversamente dai precetti cristiani, i vizi erano ammessi, tutti, protetti dalla formula: "Se lo fa per vizio, non è peccato". La natura a Napoli non prescriveva astinenze.

Ascoltavo al buio, senza sonno. L'oscurità aiuta a sentire, concentra tutti i sensi nell'orecchio. Le storie si versavano direttamente nei nervi, che le rappresentavano sottopelle, nel naso, nel palato e dentro gli occhi inutilmente aperti. La città mi allestiva il suo teatro in corpo e mi addestrava al mondo. Era napoletano il mondo, la parlata.

A confronto dell'udito, la vista era un senso minore, capace di vedere solo innanzi a sé, fermandosi in faccia al muro dirimpetto, mentre le orecchie lo attraversavano. Solo davanti al mare, gli occhi prendevano vantaggio: potevano vedere Capri, mentre le orecchie non potevano sentirla.

Gli occhi erano addetti alla bellezza. Se c'erano mostruosità, potevano abbassare la saracinesca delle palpebre. Le orecchie no, erano senza protezione.

Oggi mi trovo in qualche sala dove delle persone vengono per sentire. Si sono spostate dalle loro case, interrotte le faccende, per arrivare in orario all'appuntamento con me. Sento la responsabilità sproporzionata di corrispondere alla loro attesa. Vedo i loro occhi, ma so che sono un'assemblea di orecchie. Gli occhi sono solo appoggiati in una direzione, mentre l'udito accoglie la voce di un racconto a fiato. I loro occhi immaginano quello che l'udito ascolta.

Alla fine dell'incontro qualcuno chiede una fotografia insieme. Sono d'accordo, in quel momento ci congediamo dall'incontro e rientro nei panni abituali di persona in silenzio a occhi aperti.

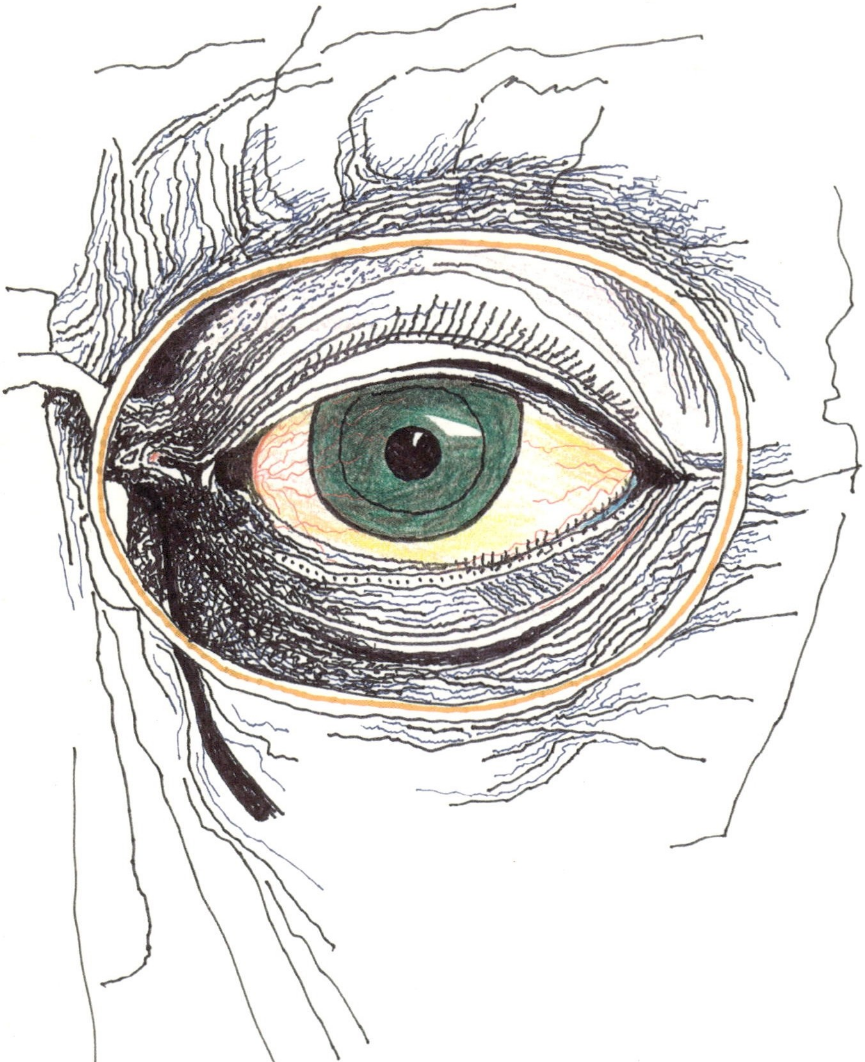

RITRATTO DEL MIO OCCHIO DESTRO

Nel libro di catechismo c'era un occhio divino iscritto in un triangolo. Il sottotitolo avvisava che quella pupilla spalancata mi vedeva sempre e ovunque. La divinità controllava ogni creatura. Era un'evidente diffamazione che la riduceva a telecamera di sorveglianza.

Mi sbalordiva in quell'età che l'occhio fosse uno soltanto, come quello del ciclope Polifemo. La divinità, per l'illustrazione catechista, era orba.

In aggiunta alla stranezza, la figura del triangolo mi procurava distrazioni: era rettangolo come quello del teorema di Pitagora; era un cartello stradale segnalatore di pericolo; era una stampella. Si dice che l'occhio vuole la sua parte. Non credo che la voglia. Dei cinque sensi è quello che deve evitare di ricevere accidenti esterni. Nel naso si infilano gli odori, nelle orecchie i suoni, nella bocca gli alimenti, nella pelle il freddo, il caldo, la polvere, il vento. L'occhio invece mantiene la distanza, prende misure, scruta, non vuole la sua parte di intrusioni.

Per un incidente d'infanzia ne ho uno mezzo spento, compensato dall'altro. Se chiudo quello buono, l'altro riesce a vedere solo il lontano, un orizzonte, un cielo. Lo considero il mio occhio lungimirante, dotato di visione al posto della vista. Presiede alla scrittura di una storia, immagina, prevede.

L'altro è il mio occhio svelto che capisce al volo, si accorge di ogni cosa, vigile, reattivo. È l'occhio napoletano, adatto a governare il presente, che per me si svolge alla velocità del dialetto. L'altro mezzo spento invece svaria lentamente in italiano tra passato e futuro.

Gli altri sensi mi sembra naturale possederli, ma la vista no. La considero un dono, anche precario. Quella di mio padre sfumò fino alle ombre, il giorno era per lui una luminescenza. Le sue rètine erano diventate un colabrodo. Andava a tentoni per la casa, l'orecchio attaccato a una radiolina a transistor. Per sua misteriosa sostituzione gli teneva il contatto con il mondo. Non si avvilì, scherzava sui suoi sbagli a mosca cieca, sulle sviste. Ho conosciuto il suo piccolo eroismo di non commiserarsi, di mettere in ridicolo la sua menomazione.

Perciò la vista resta per me un dono, un privilegio e un quotidiano atto di ringraziamento al superiore dono della luce.

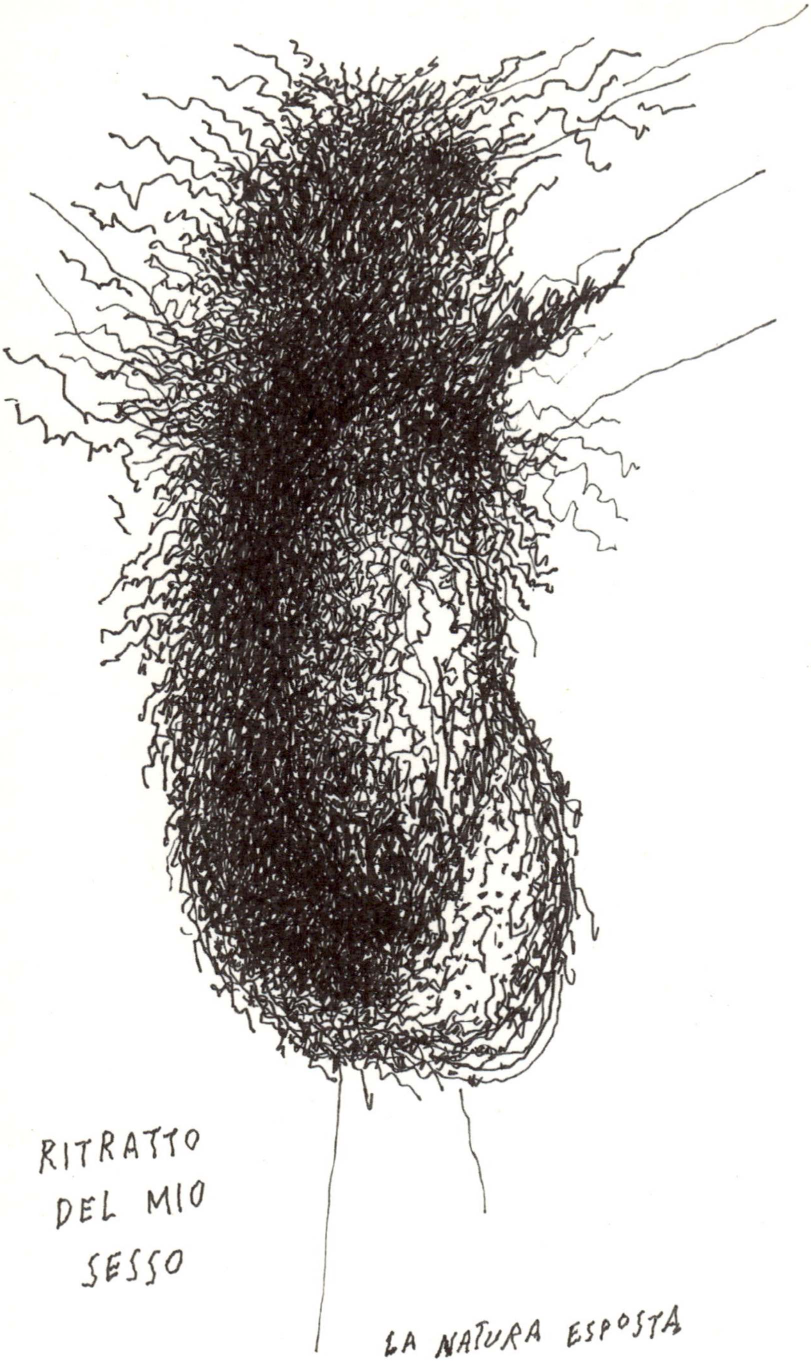
RITRATTO DEL MIO SESSO
LA NATURA ESPOSTA

Non ho visto la nudità di mio padre e di mia madre. Le ho dovute conoscere alla loro morte.

Il pudore non basta a spiegare la loro discrezione e la censura delle parti sessuate. Esisteva una siepe che riguardava l'intera intimità, non ricordo un gesto di affetto tra di loro, una carezza, un bacio davanti a noi bambini. Lo stesso non ricordo un loro contatto fisico con me, con mia sorella. La famiglia era un reparto che distribuiva compiti, ognuno al suo posto.

Una sola volta, adolescente, chiesi a mio padre cosa mi succedeva al pube, a causa di un prurito. Lui mi portò in bagno, osservò il mio sesso, sbalordì che non lo avevo mai scappellato prima. Era pieno di smegma. Mi disse di lavarlo e uscì dal bagno. È stata l'unica lezione di educazione sessuale.

Non sono padre, non so cosa avrei fatto al posto suo, probabilmente meno di così. Il sesso non era un argomento, come non lo erano le costipazioni o il denaro.

Della letteratura del 1900 ho ignorato la piccola licenza di descrivere i rapporti sessuali. Mi è sembrato il resoconto di una sbirciata dal buco della serratura. *L'amante di Lady Chatterley* di D.H. Lawrence, celebre e proibita lettura, esisteva nella biblioteca domestica. Stava all'ultimo piano della scaffalatura. Ho letto il libro come un fumetto, cercando di immaginare la vignetta illustrativa. Era più pratica la rivista "Playboy", proibita nelle edicole ma facile da trovare, portata dai marinai americani della Sesta Flotta in libera uscita.

Imparavo così la nudità femminile, esposta per esibizione di bellezza, ma a scopo di erotismo maschile. Era per me un miscuglio di grazia e sfruttamento commerciale del corpo. Prevaleva in me l'ammirazione e scoprivo la mia indifferenza alla pornografia. Il mio sesso si emozionava per uno sfioramento, per uno sguardo, ma doveva essere dal vivo.

La nudità maschile era invece goffa, per via del sesso pendulo, sbatacchiante, da coprire non per indecenza ma per proteggerlo dagli urti, dagli agenti atmosferici. Mi resta un dubbio da chiedere al nudista: esporre il pube al sole causa scottature? Regge all'ultravioletto o va spalmato anch'esso? Mi sono occupato per iscritto di nudità maschile solo di recente, per la tardiva scoperta che il crocefisso fu issato nudo sul patibolo. La sua nudità esposta per supplemento di condanna, per umiliazione, mi ha smosso una compassione sconosciuta prima. Forse c'entra una solidarietà maschile.

Con Alessandro Mendini condivido attraverso il suo disegno l'impressione che il sesso maschile in stato di riposo somigli a un pipistrello a testa in giù.

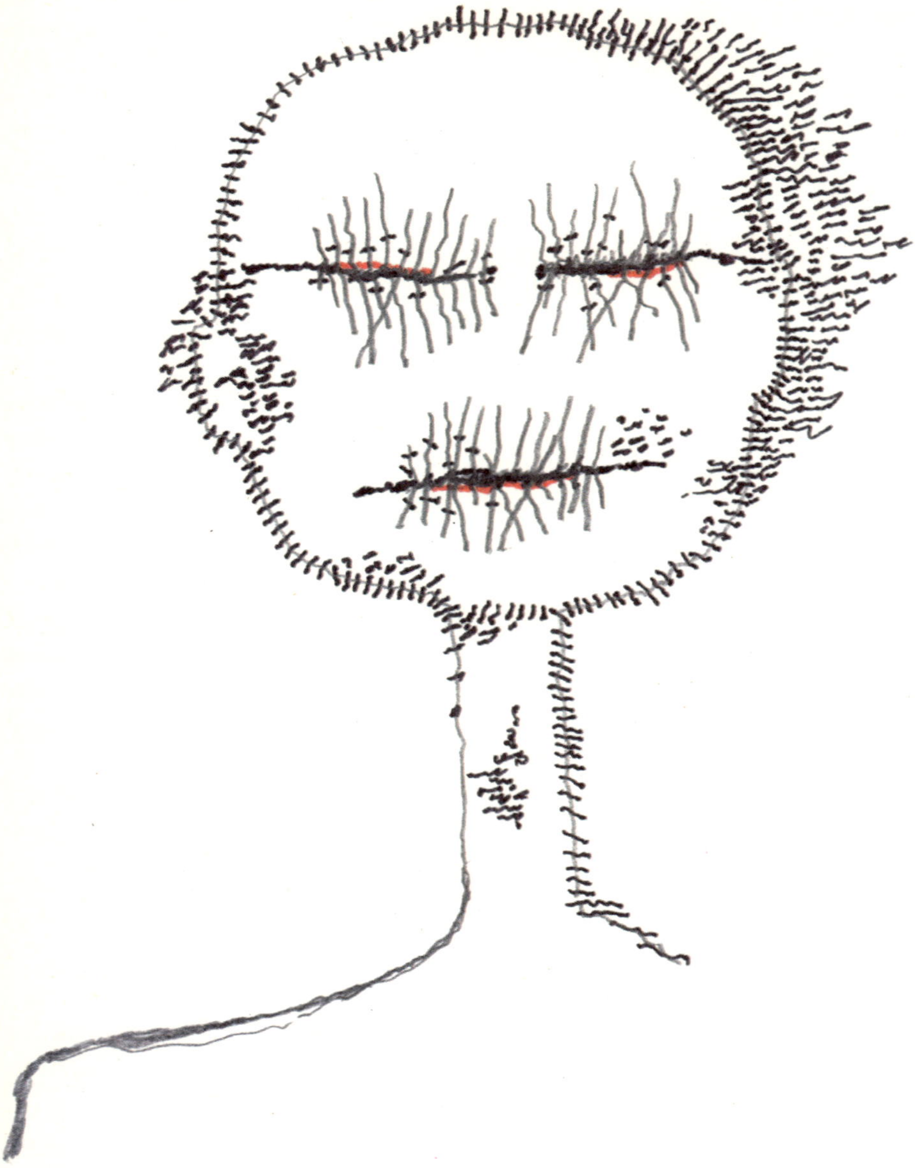

Il ricorrente sogno del volo ha reso credibile qualche tempo fa la fuga aerea di Dedalo e suo figlio dall'isola di Creta. Icaro secondo la leggenda salì con le sue ali fresche di collaudo in alto, avvicinandosi al sole e procurando lo squaglio della cera che teneva insieme il dispositivo.

È noto che alzandosi di quota, la temperatura si abbassa, fa più freddo. Icaro non precipitò per quel guasto meccanico. Volle salire alla quota di residenza degli Dei, che non tollerano intrusi. Fu abbattuto dalla loro gelosia per la capacità umana, precipitò per lo sconfinamento. Avevano già punito Prometeo per lo scippo del fuoco. La gelosia sa essere mostruosa.

Dedalo ne sapeva qualcosa. Dotato di meravigliosa inventiva, a lui sono attribuite le invenzioni della sega, del trapano, del passo della vite. Insegnò la sua arte al nipote Talo che imparò così bene da superarlo. Per gelosia Dedalo lo uccise e fu esiliato a Creta. Fatta questa esperienza sul micidiale rischio della gelosia, si tenne basso e atterrò in Sicilia.

Dopo di lui la specie umana rinunciò al prototipo senza tentare di migliorare la sua macchina. L'aviazione poteva aspettare.

In un suo ricordo il regista Billy Wilder riferisce un episodio al quale fu presente. George Cukor girava la scena di un monologo, interpretato da un giovane Jack Lemmon (1954). Dopo il primo ciak Cukor si congratula con lui e gli chiede una replica, calcando un po' di meno il tono, "a little bit less".

Si rigira la scena e di nuovo Cukor si congratula, ma gli chiede ugualmente di rifare il monologo con un po' meno pathos, "a little bit less". Cukor fa ripetere il monologo a Lemmon dieci volte, sempre con la stessa raccomandazione. All'undicesima Lemmon dice: "Per amor di Dio, mister Cukor, lei sa che di questo passo non potrò recitarla affatto".

"Adesso sì che ha colto l'idea," rispose Cukor.

Dedalo è Cukor in questa pagina di azzardato accostamento, Icaro è Jack Lemmon. Bisogna volare, sì, ma rasoterra per tenere a bada il carico di qualunque presunzione.

Stanno così le cose nelle faccende umane, una qualunque ambizione va praticata con la più vigilante modestia.

"Ero consapevole di non sapere niente di come fare un film, ma credevo di non poterlo fare peggio della maggioranza dei film che vedevo. I cattivi film mi hanno dato il coraggio di tentare di fare un film."

Questa frase di Stanley Kubrick riferisce di un'esperienza utile che non conosco. I libri di scarsa qualità non mi hanno incoraggiato a scrivere perché non ho saputo leggerli. Al primo disgusto li abbandonavo.

Diverso è quello che mi è successo con i vari casi personali in cui mi sono imbattuto. Il comportamento, secondo me sbagliato, di altri mi è servito a puntualizzare per contrasto il mio. Ogni persona che non ho stimato, che ho perciò urtato e scansato, mi ha insegnato qualcosa di nuovo su di me. Mi ha aggiornato le differenze.

Ammiro le persone di valore, ma imparo dalle altre. Ricordo una forzata convivenza di diversi operai dentro un alloggio. Eravamo fuori sede, la ditta ci aveva fornito di un appartamento con quattro stanze. In tre di quelle dormivano in nove, in una dormiva il capo. Si lavorava su tre turni, si cercava tra noi di farci delle premure. Chi rientrava dal turno di notte era custodito dal silenzio in punta di piedi degli altri.

Il capo era arrogante, approfittava del suo rango per imporre servizi a noialtri, lavargli la biancheria, fargli la spesa, cucinargli. Mi rifiutai subito. Il clima domestico con me era perciò teso. Per un suo atto sgarbato gli saltai addosso e mi staccarono di forza da sopra di lui i due operai presenti in casa. La ditta non mi licenziò perché la lite non si era svolta sul posto di lavoro. Quell'anno vissuto così mi fece da messa a punto del mio carattere e delle mie differenze. Ero nei trent'anni e avevo trascorso un decennio di lotte politiche brusche, aspre, ma condivise con una folla di coetanei. Il mio carattere si era sviluppato nel fitto di una comunità che condivideva tutto, dal pane quotidiano alle assemblee roventi.

Nei trent'anni, gli ottanta del secolo, in disparte dal tempo e dall'insieme precedente, imparavo a stento chi fossi, chi ero. La vita randagia di operaio mi offriva scarsa occasione di approfondimento di me stesso. Facevano supplenza i libri che leggevo, portandomi alla superficie i tratti e i nervi. Qualcosa di me stava sbriciolato nelle pagine delle storie altrui. La letteratura è stata per me ogni volta l'ingresso in una città nuova, a casa d'altri. Ero e sono un lettore ospite senza invito diretto. Mi sono perciò serviti gli incontri e gli urti con uomini sballati, canaglie dal mio punto di vista. Ognuno di loro mi ha lasciato una sua pezza che ho rivoltato e cucito a toppa di vestito.

L'animale arlecchino della pagina a fianco, sono io.

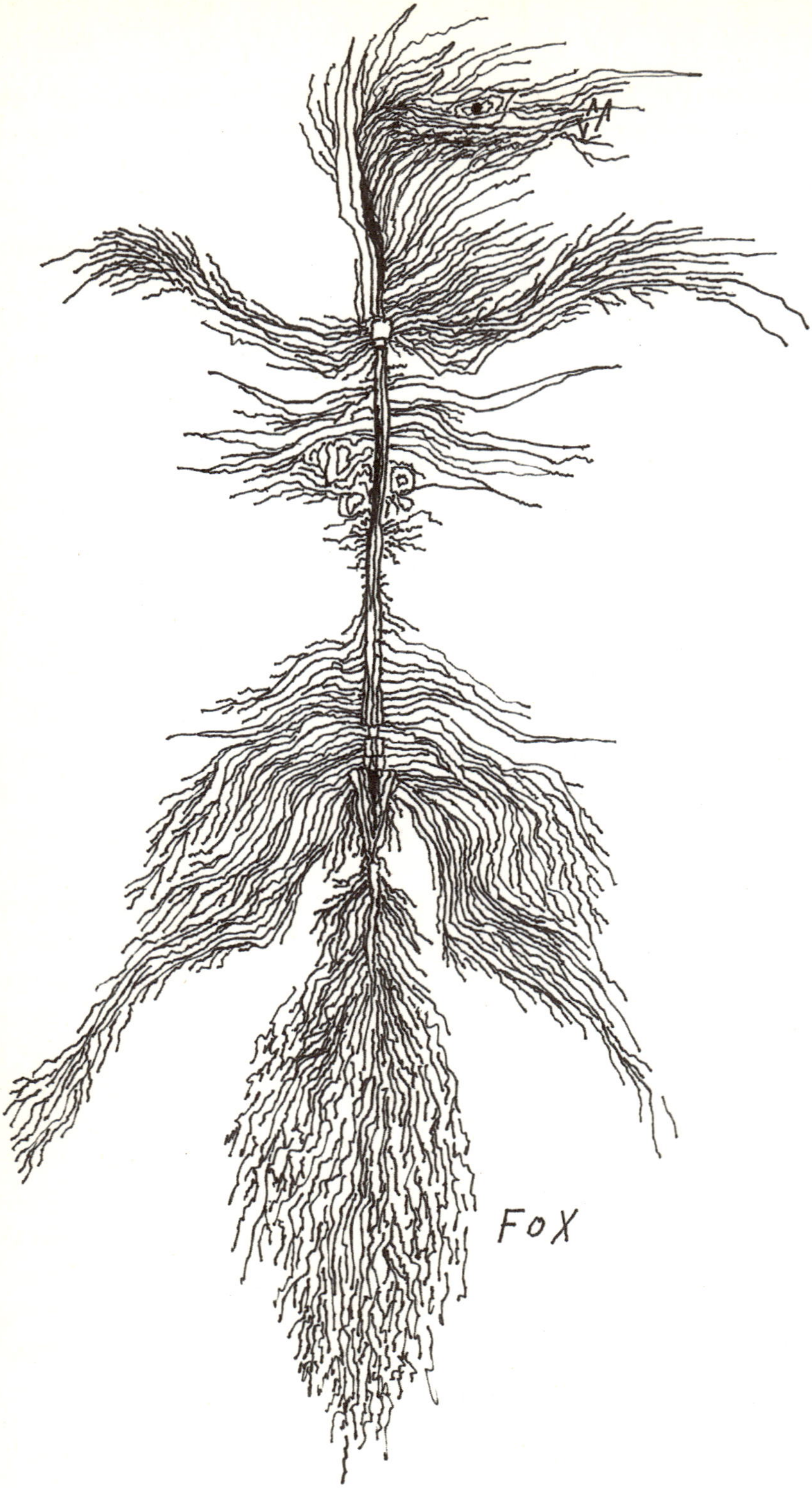

FOX

"Attraversare il mare senza che il cielo lo sappia." Questa frase appartiene al primo dei trentasei stratagemmi di un trattato cinese di epoca precristiana, sull'arte militare. La frase condensa un episodio. Un re non si decide a imbarcarsi con il suo esercito per timore del mare. Un suo generale lo invita a un banchetto in una sala oscura, attraverso una galleria. Il banchetto dura vari giorni e solo al termine il re si accorge di trovarsi in mare. La sua paura è superata, lo sbarco avviene con successo, la guerra è vinta.

Anche oggi si attraversa il mare senza che il cielo lo sappia. Nascosti in una stiva, in un camion a bordo di una nave, in un container, viaggiano come la merce di contrabbandiere. È l'epoca della caccia all'uomo disarmato, alla sua famiglia. È l'epoca di guerre che si combattono sul bersaglio fisso di strade, quartieri, ospedali. Chi si sottrae al campo di battaglia sotto casa, diventa merce di trasporto clandestino, selvaggina di una caccia all'uomo per sbarrargli il passo. Deve attraversare perciò il mare senza che il cielo lo sappia. La sua fuga è la prolunga dell'assedio dal quale si allontana. È l'assediato ovunque che spera solo di essere arrestato il più lontano possibile da casa.

Ho fatto il contrabbandiere gratis. Ho trasportato medicinali in Bosnia mentre vigeva l'embargo. Nascosti in mezzo al cibo, alle coperte, ai vestiti, il convoglio riforniva così ospedali privi di elementari dotazioni. Si attraversavano in colonna controlli continui ma sommari. In un viaggio si è trasportato un intero gruppo elettrogeno, per un ospedale di Mostar est che nel piano interrato operava feriti di granate a lume di candela. Ne ho un ricordo illeso. Un gruppo elettrogeno era considerato fornitura militare, secondo l'embargo. Eravamo contrabbandieri di soccorso.

Non trasportavamo profughi. Al confine italiano di ritorno era impossibile, a carico vuoto. Oggi lo farei. Oggi condivido il servizio del contadino francese Cédric Herrou, incriminato per l'aiuto offerto ai fuggitivi incontrati sul bordo della strada, nella sua vallata a ridosso del confine. Oggi l'antico stratagemma cinese si è trasformato in ordine del giorno: aiutare l'attraversamento del mare senza che il cielo lo sappia.

Le astuzie cambiano col tempo il loro valore d'uso. Oggi il ventre del cavallo di legno di Ulisse non porta soldati Greci dentro le mura di cinta. Porta fuggitivi oltre il filo spinato, porta assediati in salvo.

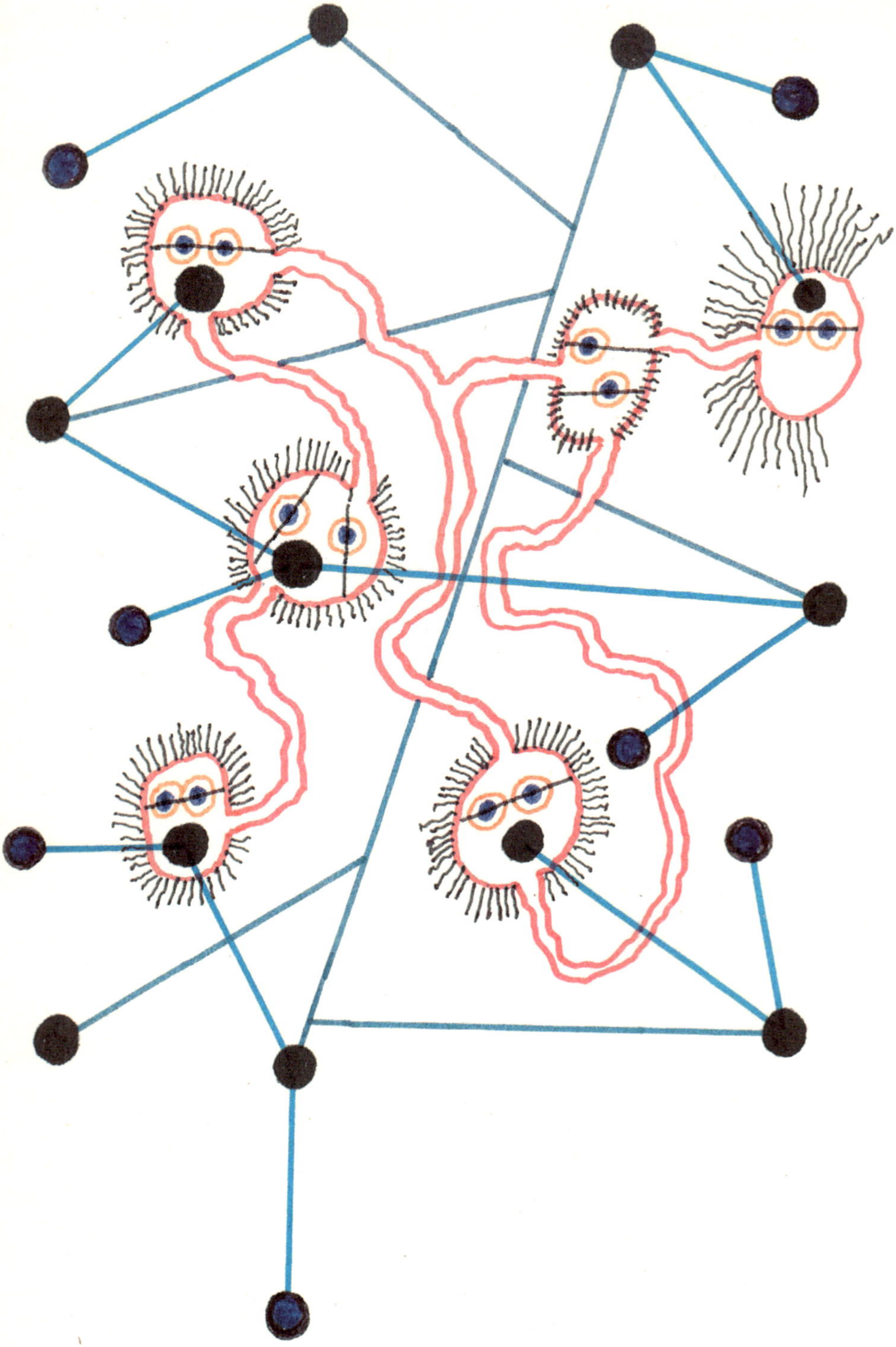

Si giocava a Shanghai, col mazzo di bastoncini colorati. Una mano li lasciava cadere sul tavolo, tutti insieme, la stessa mossa di rilascio degli spaghetti nella pentola che bolle. Andavano raccolti uno per uno, senza muovere gli altri.

Ero incapace del tocco delicato necessario. Mi piaceva la mossa d'inizio, lo spargimento dei bastoncini. Formavano una raggiera scomposta, ma dotata di grazia e forse di ordine. Spiccava il bastoncino nero, il più pregiato. Era il centro del gioco, anche se cadeva su un bordo. I centri si sottraggono spesso ai loro luoghi prestabiliti. La divinità monoteista usava dare i suoi appuntamenti in luoghi periferici. Mi piaceva sul tavolo l'intrico delle linee, che invece non capivo nei quadri di Kandinsky. I trentuno bastoncini erano liberati dal pugno e sprigionavano una loro forma necessaria. In Kandinsky, promotore della pittura astratta, mi dispiaceva l'arbitrio, l'incomprensibile deliberato che spetta di diritto solo ai sogni.

Mi avventuro in argomenti dei quali posso riportare alcune impressioni, non idee. Nel 1937 a Monaco il nazismo allestiva una mostra dedicata all'arte degenerata, da loro messa al bando. Furono esposti cinquanta quadri di Kandinsky, svenduti poi a basso costo a compratori esteri. La conoscenza di questo avvenimento ha cambiato il mio punto di vista sulla sua pittura e sulla scelta di dissociarsi dalla figura. Gli riconosco una via di fuga, dunque la ricerca di una libertà. Nel 1937 ha già dovuto lasciare la Germania da diversi anni. L'espressione artistica inventava forme nuove nella pentola a pressione di avvenimenti giganteschi. La prima guerra mondiale seguita subito dall'epidemia della Spagnola, che superò per numero di milioni le perdite sui campi di battaglia, le navi cariche di passeggeri estirpati dalle loro patrie, sparsi ai quattro continenti e ai quattro venti: gli artisti corrispondevano all'epoca inaugurando piste, scartando di lato da ogni via maestra. Per molti si trattò di vicoli ciechi. *Verso la libertà* (*Der Weg ins Freie*), romanzo di inizio Novecento di Arthur Schnitzler, contiene già nel titolo i fermenti del tempo. Il titolo originale ha la parola weg/via, che indica un percorso. La parola illude: non esiste una via tracciata verso la libertà.

Solo a distanza di tempo, voltandosi indietro, si può attribuire un sentiero allo zigzag e alle giravolte attraversate. Il disegno che meglio corrisponde all'idea che mi sono fatto della libertà è sul tavolo dopo il lancio dei trentuno bastoncini dello Shanghai.

Per Alessandro Mendini l'inchiostro di una penna, la grafite di un lapis hanno la funzione di pittura. Le sue linee però non sono in fuga, tornano invece a produrre figure. Le sue linee progettano, hanno la prospettiva di uscire dal foglio e diventare corpi materiali. La distanza da quello che ho saputo di Kandinsky è massima, quanto la lontananza di oggi da quel tempo di esordi a mosca cieca sulla cresta dei precipizi. Le linee di Alessandro Mendini ricompongono lo spargimento dei bastoncini dello Shanghai. Lui vuole essere utile, ma nel farlo non lavora, gioca. E questa è tutt'un'altra libertà.

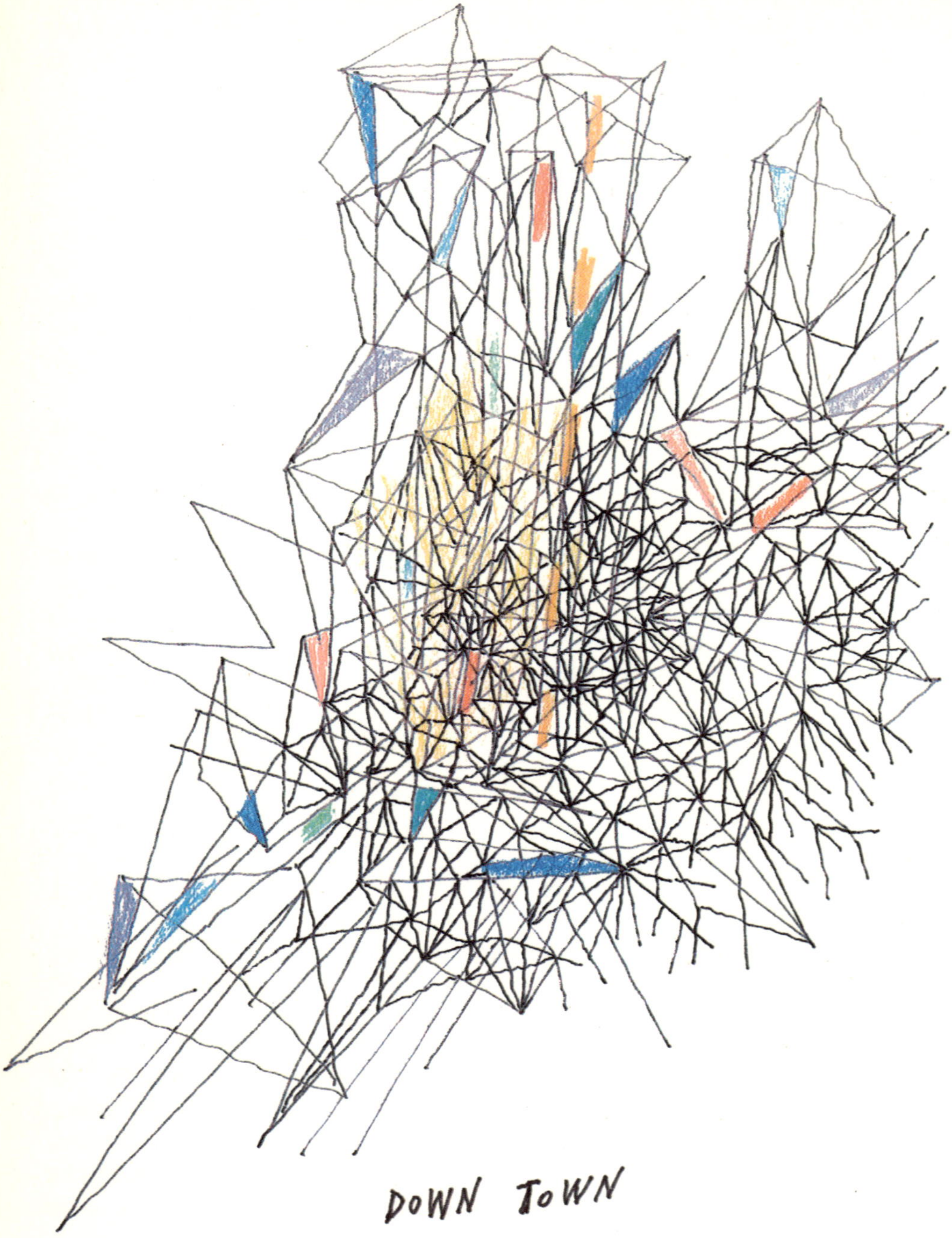

DOWN TOWN

Albert Camus partecipò a un incontro con degli studenti a Stoccolma, due giorni dopo il ricevimento del Nobel. Era il 1957, in Algeria, dov'è nato e cresciuto, scorreva il sangue di una guerra di liberazione dal dominio francese. Uno studente algerino gli chiese un commento riguardo alle ragioni di giustizia di quella guerra. Camus rispose: "In questo momento si lanciano bombe dentro i tram di Algeri. Mia madre può trovarsi in uno di questi tram. Se è questa la giustizia, preferisco mia madre".

Questa risposta di Camus esaurisce da tempo per me la questione degli attentati terroristici contro obiettivi civili. Appartengo a un secolo violento, le mie storie risentono del rumore di vite dilaniate dentro l'ingranaggio. Ho conosciuto la volontà di una giustizia di parte, che si è presa il diritto di assestare colpi. Il riscatto degli oppressi si è manifestato in ogni epoca e più intensamente nel Novecento. Il ricorso alle lotte armate clandestine è stata la forma prevalente dei movimenti di liberazione. Nelson Mandela, guida dell'African National Congress, ha preso le armi contro il regime segregazionista bianco in Sudafrica. La sua organizzazione è stata a lungo inserita nella lista di quelle terroriste.

Il diritto alla violenza contro un'oppressione è un argomento da maldidenti, ma non me lo censuro per prudenza e per quieto vivere. Considero un diritto dell'oppresso quello di insorgere. "Aux armes, citoyens" è per me un'istigazione legittima in circostanze speciali. Dove deve fermarsi sempre: di fronte ai corpi indifesi, ai cittadini inermi. Che siano Stati e governi a violare l'incolumità delle vite civili, da loro inserite nel mirino del bersaglio con la giustifica di danni collaterali. Il primo bombardamento aereo su una città colpì Londra nella prima guerra mondiale. Fu eseguito dai dirigibili tedeschi Zeppelin. Da quel momento in poi la popolazione civile è trattata alla stregua di corpo combattente. Da quel momento in poi far esplodere case con inquilini dentro colpendoli dall'alto dei cieli, non è crimine di guerra.

Chi lotta in nome degli oppressi deve escludere il rischio di colpire gli inermi. Il loro diritto alla violenza è la fionda in mano a Davide. Un solo infallibile proiettile deve abbattere Golia, sapendo di tirarlo attraverso una cristalleria da lasciare illesa. Tirare bombe sui tram rientra invece nel repertorio dell'infamia. Sto con la madre di Camus, con le persone che nella rissa furiosa di una guerra escono a fare la spesa, salgono su un mezzo pubblico, tentano di proseguire eroicamente la loro esistenza minacciata. I russi hanno un proverbio amaro: "Si taglia il bosco, volano le schegge". Schegge sono le singole vite spazzate via dal disboscamento. Dev'essere per questo che non si sono fatti scrupolo di bombardare gli ospedali di Aleppo. Sono passati sessant'anni dalla risposta di Albert Camus a uno studente in una sala di Stoccolma. Resta ancora per me l'ultima parola.

Il disegno di fianco mi deraglia l'immaginazione. Ci vedo il gioco della traduzione da una lingua a un'altra. Perciò questa pagina non è una lettera di risposta, non sta nella corrispondenza delle altre. Qui di seguito metto due traduzioni mie da una poeta in yiddish, Kadia Molodowsky, 1896-1975.

Il mio ponte di carta

Oggi ho attraversato il mio ponte di carta
(che attraverso per mia felicità),
e una donna sulla sessantina almeno
a piedi scalzi mezzo congelati.
Ci siamo incontrate, siamo rimaste un poco.
Io così, non avevo da andare in qualche posto
è lei si è messa a dire, a me e pure a se stessa
del pane, della legna, delle scarpe.
Mi costruii il ponte di carta quando non solo il cielo
è diventato azzurro, pure gli occhi miei,
e il sole diventava una ruota dorata
in arrivo diritta sui miei piedi.
Mi sono immaginata una casa, un letto,
giorni d'oro e notti a piene stelle,
mi sono immaginata una strada e una lettera,
un mare ondoso e una barca lucente,
mi sono immaginata il canto dei binari
e marinai in divisa blu, di dove non lo so.
Ma non mi ero immaginata le scarpe della donna
sulla sessantina, e oggi stiamo a parlare così
di scarpe, delle sue ossa mezzo congelate
e io così, che non dovevo andare in nessun posto.

*

Una lettera, una cartolina, un libro, chi scrive fa il suo ponte di carta. Nel mio ho guardato più in terra che in aria, più a dove metto i piedi che alle rondini.

Resto ugualmente scoperto, spaesato di fronte ai piedi scalzi di uno che prega, di uno che naufraga, di uno che si dibatte sul legno di una croce.

Via Dzikhe

È il quindici del mese di Iyyar
sono giorni di oro zafferano
profuma il latte del fico, quasi quasi
pare che ci sia Dio.
L'aria squilla, l'estate mi fiorisce tra i capelli,
ma intorno a me ci sta la vita quotidiana:
abita qui chi ha perso il suo lavoro,
i comunisti,
insomma la miseria.
Di tutti i giorni è la caduta maledetta,
squillano di dolore i tetti,
le tavole di fame
e uno scalzo canta L'Internazionale,
Ebrei vivono qui
un popolo da risa a crepapelle
che porta per il mondo merci da baraccone
e il sangue dei figli e delle figlie.
E io: mi segnano a dito:
"Eccola, la poeta,
un vento si porti via sua madre,
se ne va in giro
e con le nostre pene inguacchia le sue rime.
Poteva venire con noi ieri a vedere
uno di vent'anni frustato a morte
al 10 di via Dzikhe".
E io non ho una sola parola di risposta,
lo so,
non appartengo al genere di primo assortimento.
E pure se un'ondata di lacrime scorre dai miei occhi,
io sono innamorata della vita, come una cagna.

*

Questo verso finale mi sconfigge. Perché non lo so fare, né provare, l'amore di una cagna per la vita.

La resurrezione è una pietra d'inciampo della fede. Quella narrata dai Vangeli è fisica, in carne, ossa, nervi, vasi, sensi. Giovanni usa in Greco "anastasis", che è un alzarsi in piedi.

Resurrezione del corpo, ma non sua copia conforme: i suoi non lo riconoscono. È scandalosa e non vollero sentirla gli Ateniesi che ascoltavano Paolo di Tarso, abbandonando l'aula al primo accenno. Allora i successori vollero interpretare: è solo dello spirito. Ma era contraffazione di evidenza scritta, la resurrezione è del corpo, o non è.

La più scatenata, di massa, è scritta in Ezechiele, libro e nome del più trasportato geografico, di tutti i convocati dalla divinità. Una vallata di resti scheletriti si ridesta a vita sotto la sferza di parole e di vento. I decomposti tornano a sollevarsi in piedi. Nessun'altra scrittura ha rinnegato così sfacciatamente la morte, revocandola come un intervallo.

Togliere alla morte l'ultima parola. Mi ci accanisco in privato. Ho annusato per anni la vestaglia di mio padre, finché il suo odore è stato assorbito tutto dentro le narici.

Quando scrivo, sta sulla mia spalla. Finalmente ha di nuovo la vista di lettore, che si sbriciolò nelle rètine lasciandogli la cenere al posto della luce.

Mia madre mi visita in sogno e pure quando faccio con le quaranta carte napoletane i solitari prima della cena. Protesta che li faccio troppo in fretta. Protesta che li faccio troppe volte.

Togliere alla morte l'ultima parola: se lo dà per missione la letteratura. Dall'Enea di Virgilio, alla Commedia di Dante, alla Spoon River di Edgar Lee Masters: esistono di nuovo.

E loro, i corpi spenti, tornano, ricordati, richiamati, estratti dalla loro assenza. Allora mettono i panni che vogliono, presi dal guardaroba della vita svolta.

Hanno gli occhi sforzati dalla veglia.

Tornano dalla morte che non è sonno, è insonnia.

Se è un sentimento, l'indifferenza, è quello che conosco meno. Perciò la lascio in fondo a questa galleria personale di mostruosità terrestri. Perciò sarà più estesa delle altre.

Sono cresciuto in una città che non mi permetteva di evitarla. Non potevo far finta di abitare in un fiordo norvegese, fantasia della mia infanzia, stracciata ogni minuto.

I bambini coetanei andavano ai lavori di miseria, io a scuola. Morivano di qualunque mancanza, da cibo a medicine, di qualunque accidente, dal freddo alle batoste, io neanche sfiorato da uno dei loro orchi. Si poteva crescere spietati, non indifferenti. C'era un sistema nervoso collegato a catena con quello dei paraggi. Si stava circondati dall'insonnia degli altri, dalle loro voci scorticate dai gridi. Quando l'organizzazione Lotta Continua si piantò pure a Napoli, si trovò a suo agio sentendosi ripetere spesso: "'A facimmo da quando simme nate 'a lotta continua".

In fine anni sessanta mi sono trovato in una gioventù che ignorava l'apatia. S'immischiava di mondo in maniera insolente e insistente. Ho buscato in piazza i primi colpi nel '67. Ero un liceale, a Napoli per via Chiaia passava una manifestazione a sostegno della lotta per l'indipendenza del popolo del Vietnam.

Vietnam: oggi si sa forse dov'è per qualche ragione di turismo. Allora era un centro nervoso del mondo.

Quella gioventù si occupava di politica estera in mezzo alla strada. Per lei era evidente il collegamento tra Vietnam e polizia italiana che sparava contro manifestazioni di operai e braccianti. Era una sola lotta in corso, da Battipaglia al delta del fiume Mekong.

A via Chiaia un reparto di polizia attaccò il corteo diretto al consolato americano sul lungomare. Ero inesperto, restai dov'ero mentre gli altri indietreggiavano. Fui colpito, una mazzata sulla spalla, destinata al cranio e schivata. Mi ritrovai piegato e superato dalla carica. Ho saputo subito che non era un incidente. Era l'inizio.

Quella generazione si dava un posto e un diritto di stare al mondo. Prendeva la parola, perché ci sono circostanze per le quali la parola va presa, tenuta e mantenuta. Approfondiva la sua differenza.

Racimolo così un senso della voce indifferenza: rinunciare a stabilire le proprie differenze. La mia gioventù politica riconosceva invece le sue e perciò risentiva passionalmente le disuguaglianze, le lotte di liberazione da tirannie e da imperi coloniali.

Prima Napoli, poi la gioventù coetanea mi hanno impedito l'indifferenza.

Il libro di Moravia *Gli indifferenti* mi respingeva già dal titolo. Come ci si poteva distrarre, distogliere, assentare nel furibondo Novecento? Il secolo più violento della storia e gli indifferenti? Erano per me dei disertori.

A venti anni non sono stato spedito in una guerra. Cresciuto sulle macerie tiepide ancora delle distruzioni, saltavo il turno obbligatorio delle generazioni precedenti. Per la prima volta in Europa un ventenne scampava al massacro rituale, al sacrificio fumante sui campi di battaglia. Per forza dovevo accorgermi della differenza tra me e mio padre e mio nonno, e via risalendo.

La variante inaugurata dalla mia condizione di illeso ha comportato un sentimento di gratitudine e di debito. L'Europa aveva smesso di squartarsi. Considero questo, e il trattato della Unione, il maggiore traguardo politico del secolo ventesimo.

Da qui proviene il motivo d'impicciarmi negli anni novanta della guerra tornata in Europa. La Jugoslavia si smembrava in stati e stragi minuziose, molti italiani si sono improvvisati portatori di pronto soccorso. In che modo, non serve qui ricordarlo. La guerra sull'altra riva del mare Adriatico guastava la pace di molti di noi, impediva di starsene a guardare.

Torno sul significato personale dell'indifferenza: non riconoscere la differenza tra falso e vero, tra realtà e finzione. Si assiste perciò a una violenza, a un sopruso, a un atto incivile e si resta a guardare.

La realtà ricevuta per la gran parte attraverso uno schermo produce questo effetto di spettacolo. Si sta seduti davanti agli avvenimenti, a conferma di essere spettatori accomodati in platea. Nessuno in sala si alzerebbe per fare irruzione sulla scena e impedire a Otello di uccidere Desdemona. I nervi sono accordati sulla bassa tensione dell'estraneo che assiste.

Dopo la breve impennata emotiva segue la bassa marea del ripiego nel proprio guscio. Sulla sabbia restano funi sfibrate, tronchi imbiancati, corpi di annegati, di bombardati in casa. Si sono ritirate le onde, resta la traccia circolare lasciata dal bicchiere sopra il tavolo, mentre a terra vengono spazzati dalla scopa i suoi frantumi.

Prevale la postura dello spettatore, ma nessuno lo è di fronte alla realtà. La pretesa postura dello spettatore è un'impostura.

L'indifferenza è un accorgimento per ingannare i sensi, li frastorna per il tempo necessario a non intervenire. L'antidoto è stato scritto molto tempo fa: amare il prossimo come se stesso. Nel Levitico e poi nell'eredità cristiana è un imperativo. Amarla non è il voler bene, prendersi cura. Molto di più il verbo chiede di sprigionare la più forte energia del corpo umano. Nessuna attenuante, né risparmio: si prescrive l'estremismo dell'amore. Senza tornaconto, senza aspettativa di essere corrisposto, amare il prossimo tuo come te stesso.

Allora il mondo intero deve ricadere sulle spalle del singolo? No, per questo è scritto: il prossimo. È il superlativo di vicino, è il vicinissimo, quello che cade nel cerchio immediato dei sensi di un altro. Di quello è tenuto responsabile. Il suo grido arriva dritto all'udito di chi sta nei paraggi, attraverso l'ossicino acustico chiamato labirinto. È lì che interviene l'indifferenza. Dedalo, primo ingegnere del disorientamento, fa perdere la via di uscita al grido, quella che conduce al cervello, ai nervi.

Il Labirinto di Dedalo fu l'ingegnosa prigione a porte aperte. Oggi è l'edificio dell'indifferenza dove il Minotauro rinchiuso si nutre dei gridi intrappolati.

Un eroe letterario, Chisciotte, conosce lo stesso disturbo dell'indifferente, di non riconoscere tra realtà e finzione. Ma la reazione è opposta, Chisciotte mai si tiene per lo spettatore di una scena. Subito coinvolto, scosso, chiamato all'intervento, il segnale di allarme arriva dritto al suo cervello senza ostacolo dentro il labirinto. Vede una processione di fedeli con canti e invocazioni che trasporta la statua di una madonna. Lui da lontano scruta e vede tutt'altro: una ragazza rapita da una folla di banditi. Rapida la sua carica solitaria irrompe nella processione per la libertà della fanciulla: dispersa la folla, rovesciata la statua, lui stesso ingarbugliato.

Ancora: una sera di sosta in osteria si rappresenta a beneficio degli avventori uno spettacolo di marionette. Sulla scena è in corso la fuga di due giovani cristiani inseguiti da una banda di mori che stanno per raggiungerli. All'apice della vicenda Chisciotte si alza in piedi, sguaina la spada e proclama: "Io non permetterò mai che al mio cospetto...". Si avventa sul teatrino, lo disfa a sciabolate. Ha confuso anche stavolta la realtà e la finzione.

Ha confuso: ma la realtà si manifesta spesso con il travestimento di uno spettacolo, lasciando perplessi i molti, giustificando gli indifferenti. Chisciotte no, lui solo vede la realtà sotto il travestimento, lui solo la smaschera e l'affronta. "Io non permetterò mai..." è la sua licenza d'intervento. Lui non avrebbe lasciato uccidere Desdemona.

Si ride di Chisciotte, personaggio di fantasia, si deride il seguace che nel suo tempo agisce con il medesimo impulso di soccorso.

Questa pagina finale non è una predica, ma un tentativo personale d'intendere l'indifferenza. Nel mondo intorno si accumulano materie dolenti, non si riesce neanche nell'aggiornamento della quantità di offese al genere umano, agli animali, al suolo. La valanga preme alla porta di casa, ci si difende con il labirinto.

Ma ogni volta che la difesa passiva dell'indifferenza cede in un punto, apre una breccia, un moto di risposta, d'intervento: ognuna di queste volte viene contata all'attivo di una persona. Quello che sarà scritto sulla colonna con il segno più, dipenderà da quante volte la linea dell'indifferenza sarà stata aggirata, scavalcata.

"Erano gli occhi più affilati di una falce tagliente
fino al bruscolo nella pupilla e fino alla goccia di rugiada eppure a stento imparavano in tutta la statura
a distinguere la solitaria moltitudine delle stelle."

(Osip Mandel'štam , febbraio 1937, esilio di Voronež)

A conclusione

Partiti dagli incubi di un bambino dislessico, i rispettivi mostri di noi due sono sgusciati fuori da censure segrete, da pudori. Non so decidere se sono stati sprigionati oppure asserragliati in questo libro.

Sono anche il prodotto di amicizia tra un gran signore della matita e uno scrittore di quaderni. Ci accomuna l'opera su carta. Alla fine resta un carteggio fraterno.

Non abbiamo debellato questi mostri, li abbiamo denunciati davanti all'assemblea di noi stessi. Continueranno a ballare la samba nelle nostre veglie, a procurare apnee nei nostri sonni. Questo libro non è una terapia, non costringe allo sfratto i mostri residenti. Affronta la loro anatomia, illustrata e scritta.

L'ultima parola spetta a Alessandro Mendini. Per questa pagina finale invertiamo la sequenza, il mio scritto precede il suo disegno, che conclude lo scambio di questa nostra gita sottobraccio.

Indice